ルキウス
エレミア
ユーリ

ルウィ
アガメムノン

CONTENTS

はにとらっ！ 2
召喚勇者をハメるハニートラップ包囲網

けてる

BRAVENOVEL
ブレイブ文庫

第一章　不治の病、ルール無用の治し方

「あー、こんなに認めたくねー昇格は初めてだが……お前ら、今日からDランクだ！　もってけドロボー！」

「「「「うっしゃあ！」」」」

かんぱーい、とエールを呷る四人組。

冒険者ギルドの一幕である。とうとうDランクに上がった四人は、調子に乗りまくっていた。

ギルド長は、もう、心の底から嫌そうな顔をしているし。

受付嬢も、この世の終わりみたいな様子で机に突っ伏していた。

「うわ、マジかよ。トラブルメーカーズがD級か……」

「なあ、D級クラスの依頼は、しばらく避けようぜ。とばっちり食らったら、敵わねえよ」

既に数多の伝説を打ち立てている、史上最大の問題児パーティ・トラブルメーカーズ。

誘拐事件調査を即決で引き受け、さる貴族が怪しいと言われれば、バカ正直に「あんた犯人？」と聞きに行ったとか。

その場で乱闘沙汰を起こして貴族を容赦なく簀巻きにしたとか。

とても信じられない『武勇伝』が、下町を中心に流布しまくっているのである。

助けられた女性達が進んで広めるお話は、突っ込み所だらけで、「そんなパーティーいるわ

けないだろ」と思われていたが。

　実際の四人を知る冒険者達は、口を揃えて「あいつらならやりかねない。いや、絶対やるわ」と頷くものだから、色んな意味で有名になる。

　その後も、少しの休息を挟んで、ちょくちょく依頼を受けており。

　問題ばかり起こしつつも、毎度毎度、依頼は解決してしまうので、ギルドも昇格させざるを得なくなったのであった。

「すげーな兄ちゃん達。その、色々と……」

「へへへ、照れるなあ」

　昇格の場に立ち会った、顔見知りの少年冒険者は、顔を引き攣らせていた。正直、褒めてない。

　彼らの行くところ、大体嵐が吹き荒れてるし、裏の世界では『関わるとロクなことにならないパーティー』と噂されている。

　おかげで、少年の孤児院は助かってるのだが。

「さて、じゃあ次は何の依頼を受けようかしら。この辺りがDランク依頼よね」

「ほほー。やはり、討伐ものが多いのう。お、護衛依頼もあるぞ」

「ここはやはり、パーッと済ませてサクッとランクが上がるような、大物討伐がいいぞ！」

「やっぱ大物討伐はロマンだよなあ」

　エール片手に、張られた依頼票を眺める四人。冒険者基準でもマナーがひどい。

だが、彼らが目を付けたのは、意外な依頼だった。

「むむ？　この、ソラリアの花を採取、という依頼……なんか引っかかるのう。ソラリア、ソラリア……わし、どこかで聞いたことがあるぞ」

「なにそれ？　聞いたことないわね、そんな花」

「余も初耳」

「んー……すいませーん。ソラリアの花って何ですかー？」

「ああ……その依頼ですか」

受付嬢はちょっと困ったような顔で、その依頼について語り始めた。

「その依頼主さんは、豪商クライン家の当主様です。実は、一人娘のリリー様が、ずっと病床に臥せっていて」

「ははーん。なるほど分かった！　その花が特効薬なんだなっ！　よしみんな、この依頼受けようぜ！」

「そうね、何だか面白そうな気がするわ。じゃ、まずそのクライン家ってとこに行けばいいのね？」

「……はぁ。まあ、そうですが。詳細は、当主様から聞いて下さい」

「オッケー！」

バタバタとギルドを出ていく四人。

それを見送り、受付嬢はため息を吐く。

「ギルド長、あの人達、説明も聞かずに行っちゃいましたね」

「ああ。この依頼は、達成出来るわけ、ないのにな……」

ソラリアの花。

既に絶滅したと言われる、幻の花である。

この依頼の真意は、冒険者を家に招き、寂しい娘に冒険譚を聞かせること。それを知っている二人は、あのお気楽な四人には向いてないな、と思っていた。

「まあ、あいつらも大人になる時ってのが必要なんだろうさ」

「ええ、そうですね……」

ハードボイルドに呟いてみせるギルド長。

しかし受付嬢は、不安と期待に胸をざわつかせていた。

あの人達、ホントに依頼達成しちゃいそうだよな、と。

「おお、冒険者の方々！　よくお越し下さいました！　ええと、パーティー名は……」

「トラブルメーカーズよっ！」

「……個性的なお名前ですな……ううむ、どこかで聞いたような」

クライン家。事前に聞いていた通りの、豪商である。商家の立ち並ぶ一画でも、恐らくは一番大きな屋敷ではないだろうか。

いかにもという執事の老人に案内された彼らを迎えてくれたのは、ダンディな当主だった。

大商会のトップにもかかわらず、得体の知れない冒険者パーティーにこの対応。人間が出来ている。

「おいで頂いたのは他でもありません……実は」

「ソラリアの花だっけ、任せといて！　俺達、これでも依頼解決には自信があるからっ！」

「ははは、自信がおありなのですな……ですがその前に、娘に会って頂けますか？」

「いいけど、このヤリチ○を連れていくのは、ちょっと気が進まないわね」

「風評被害だっ！」

「ははは……それでは、娘の部屋にご案内しましょう」


「やあ、ボクがリリーだよ。ええと、皆の名前は……」

「わしらはトラブルメーカーズ！　王都で今、一番ヒップな冒険者パーティーなのじゃ！」

「……こ、個性的な名前なんだね……うん、これは期待出来そうだ……」

その少女は、車椅子に乗っていた。年齢は16、7といったところ。長い金髪に、病的に青白い肌。見るからに病人だが、その瞳には強い意志が宿っている。

部屋には大量の書物がうずたかく積まれていて、彼女が並々ならぬ好奇心の持ち主であることが窺えた。

そんなリリーは、やって来た四人に興味津々である。

なにせ実に色物な四人なのだ。悪ガキみたいに笑う青年に、白髪の美少女。厨二病っぽいポーズを決める男に、バッサバッサ飛んでいる小柄なドラゴン。

「ええと……自己紹介をお願い出来るかな？」

片手にノートを用意して、メモの準備をするリリー。

四人はいつも通りだった。

「俺はユーリ。得意技は、ビッグな魔法！　どんな敵でも大体一撃なんだぜっ」

「私はエレミアよ。得意技はアンデッドの召喚ね。このアホと違って、ちゃんと手加減が出来る、有能な女なの」

「余はルキウス。暗黒の業ならば、余の領分よ……！　前の二人と違って、ちゃんと常識も弁えておる！」

「わしはアガメムノン。見ての通り、長く生きておるドラゴンじゃ。そこの3バカにはない、知恵を持っておるぞ」

とても、濃い面子である。

自己紹介を聞き終えて、リリーは目を閉じ、感想を一つ。

「やっぱり、みんな個性的だ……ふふっ、面白いお話が聞けそうだな。ちょっと、今までの冒険のことを、聞かせてくれるかい？」

「もちろん！　この私の大活躍を、たっぷり聞かせてあげるわ！　そう、あれはゴブリン退治を依頼されたときのことよ……」

「あー、貴様のアンデッドが洞窟を壊したアレか」

「貴方が支柱をぶっ壊したアレよ！　私のせいじゃないわ！」

ぎゃあぎゃあ責任転嫁を繰り返しつつ、様々な話をする。ゴブリン退治をしていたら、四人のうちの誰かのせいで、洞窟が崩落したこと。

「それ、全員が原因を作ってないかい？」

リリーの突っ込みは的確であった。四人は明後日の方向を向いて、ぴゅーぴゅー下手くそな口笛を吹き始める。

次に話すのは、ドブさらいにアンデッドを使っていたら、先輩冒険者に注意されたこと。

「アンデッドの斬新な使い方だね……」

「そうでしょう！　皆、アンデッド差別をしているのよ！　確かにちょっと生者に憎しみを抱いてるし、少し攻撃的だけど、ちゃんと支配下に置けば大丈夫だわっ！」

「ククク、余が見るに貴様の下僕、明日にも謀反起こしたくて仕方ないという顔であるがな」

「大丈夫。そういうときは、拳で語り合えば解決するから」

「……質問。ネクロマンサーって、実はファイター職なのかい？」

本の海に囲まれているだけあって、知識は豊富なリリーだが。

アンデッドを使役するのに、拳で語り合うとは聞いたことがなかった。それでは完全にファイターである。

「ここだけの話だけど、エレミアってさ、素手で戦った方が強いんだよな」

「ほー。面白いことを言うのねユーリ。ぶっ飛ばされたい？」

「ほら、そういうとこだよ！」

そんな調子で、ああだこうだと喋り続ける。

リリーは四人と馬が合うようで、相づちも突っ込みも的確だった。

気をよくして話を続け、大体2時間くらいは喋り続けただろうか。

「んっ、ゴホゴホッ……済まないね、ボクはどうも体が弱くって」

「ちょ、ちょっと大丈夫？　あんまり無理をするものじゃないわよ、そこのユーリじゃないんだから」

「皆が皆、種馬のように体力バカではないのだ。ゆっくり休むがよい。なに、ソラリアの花なら、余とその他三名に任せておけばよいのだ！」

「……おまえら、後で覚えとけよ！」

リリーが咳き込みだして、その日はそれでお開きとなった。

たっぷり話して上機嫌の彼らは、廊下に出るなり、もう依頼解決する気満々である。

「あー面白かった……よし、それじゃ依頼よ依頼。ソラリアの花だっけ？　ちゃっちゃと持ってきてやろうじゃない」

「皆さん、今日はどうもありがとうございました……そして、謝らないといけないことがあります。実は、この依頼は、達成出来ないのですよ」

当主が遠くを見るような目で、切なげに言う。

その顔には、とても深い悲しみが纏わり付いていた。

「おっと、我らを見くびってもらっては困るな。この暗闇を統べる余の力をもってすれば、解決出来ぬ依頼などは……」

「……ソラリアの花は、もう滅んでしまった花なのです」

え、ちょっと待ってよ。

大口叩いたルキウスを筆頭に、四人が硬直する。

そんな四人に、当主は滔々と語り始めた。

「私は、悪い父親でした……あの子の母親は、早くに亡くなりましてね。男手一つで育ててきたのですが、私も忙しい身。ロクに遊んでやることも出来ず、習い事ばかりさせて、子供時代を過ごさせてしまったのです。ところが、14歳になったとき、あの子は病気に……」

彼は目頭を押さえ、涙声で喋り続ける。

「病気になったあの子に、何かやりたいことはないか聞いたら……子供の頃、外であまり遊べなかったから、外の世界のことが知りたいと。私は頭を、思い切り殴られた気分でした。せめてもの罪滅ぼしに、冒険者の皆さんに依頼を出し、こうしてお話をしに来てもらっているのです」

予想以上のシリアスさに、四人は身動きが出来ずにいた。

邪神討伐ツアーを組んだときも、ここまでのシリアス展開はなかったのである。

そして彼らを置いてけぼりに、お話はクライマックスを迎えていた。

「……あの子は、もう自分が長くないことを知っている。それで、ああしてノートを取って。自分がいなくなる前に、自分がいた証として、物語を作っているのです。皆さんの冒険譚を元にした、外の世界の、物語を」

おいおい泣き崩れる当主を前に、見事フリーズした四人であるが。

元々、大して複雑な思考もしてないので、復帰するのも早い。

「まあまあ。ソラリアの花だけどさ、絶滅って言っても、本当かどうか分からないし。アガメムノンは、聞いたことあるんだろ？」

「うーむ、絶対にどこかで聞いたのじゃが……はて、あれはどこだったか……」

「よし、このボケ老人の記憶を搾り取って、私達トラブルメーカーズが、ソラリアの花を見つけてやろうじゃないっ！　大船に乗ったつもりでいなさいよ！」

そう、大袈裟に啖呵を切って、その場を後にする。

やる気だけはある四人なのだ。

当主は大いに驚いて、自信満々に屋敷を出ていく彼らを見送った。執事の老人も、目を丸くしている。

「……あれが、冒険者。貴族の屋敷に、なんのためらいもなく突っ込んだという、トラブルメーカーズ……」

どうりで聞き覚えのあるパーティー名だと思ったら、問題児と評判の連中だったのだ。

「若さ、ですな。この老いぼれも、柄にもなく期待してしまいますぞ……お嬢様の病気を、本当に治してしまうのでは、と」

「……そんな夢を見せてくれるだけでも、呼んだ価値はあったよ。決して諦めない心。冒険者たる、所以なのだろうな」

さて、そんな格好いい扱いを受けていた四人であるが。

帰り道にやったことは、アガメムノンを質問攻めにすることであった。

「うー、うー、もうちょっと、もうちょっとで思い出すのじゃ……！」

「だから、まず大雑把に、いつ頃見たか思い出すのよ。何かあるでしょ、切っ掛けとか。友達から聞いたとか、親戚から聞いたとか……」

「ううむ、そうは言っても……ん？　親戚……？　あー！　思い出した！　そうじゃ、ソラリアの花って、わし見たことある！」

「なんだ、解決じゃん！」

「わしのハトコの、頭頂部に生えておった花じゃ！　そうじゃそうじゃ。いやーすっきり」

問題解決！

通りのど真ん中で拳を突き上げる四人組。危険を察知したのか、通行人が距離を取った。

「じゃあ早速、そのハトコのところに行きましょうよ」

「あー、でものう。２００年前に海でクラーケンを食べたとき、流されたと言っておった」

「ダメじゃねーか！」

全員が揃ってずっこける。やっぱり絶滅した花であった。

「始まる前から終わってるわね。で、どうする？　私は、はい出来ませんでした、っていうのは気に食わないわ」

「ふっふっふ。ここはちょっと、頭を使うんだよ」

「うわ、その顔すっげームカつくわね。で、どうするのよ？」

「この依頼の目的は何だと思う、ルキウス？」

「それはもちろん、ソラリアの花を見つけることであろう」

「いや、違う」

「ん？」

怪訝な顔をする三人へ、ユーリは自信たっぷりにこう続けた。

「目的は、リリーの病気を治すことだろ？　ソラリアの花なんか、その手段の一つなわけだ。だったら、花のことはサクッと忘れて、別な手段を探せばいい！」

「「「あ‼」」」

実に豪快なちょろまかし宣言である。

「方法なんか何でもいいんだよ。こっちで治療薬を作って、花を加工したフリをすればいいんだ。リリーは病気が治ってハッピー。俺達は依頼達成が出来てハッピー。Win-Winじゃん」

「ぬぬ、確かに……！　なんと小狡い方法……！」

「そんなズルしていいなら、いくらでも方法がありそうね……くっ、ヤリチ○のくせに知恵が回るわ……」

かくして問題児組による、手段を選ばぬ治療法探しが幕を開けた。

決して諦めない心。ただし、達成方法は除く……！

§

さて、ソラリアの花のことはスッパリ忘れ、仕切り直しの作戦会議が始まった。

舞台は暗黒大陸の片隅、いつもの集会所である。

「まあ最悪、アンデッドにしちゃえば解決よね。ワイトとかレイスとか、色々選択肢もあるし」

「「「却下」」」

エレミアが早速、「死んでても動いてればオッケー」という豪快な案を出し、瞬速で却下された。

「ちゃんと術式に気を付ければ、本人の意思だって残るわよ？　ほら、ちょっと心臓が動いてないだけで」

「暗黒の申し子たる余ですら、それ解決って言わないと思うぞ」

ユーリは腕組みして、困ったように一言。

「うーん、そういや俺達、火力重視で回復とかアレだったよな……」

「うぐっ」

救世の英雄一行、パワータイプ×４。防御は『各自でどうにかしろ』、もしくは『殺られる前に殺れ！』という超攻撃的なパーティーである。

「ファンタジーのお約束、エリクサーとかないの？　ほら、病気とか全部治るようなやつ！」

「あるがのう。あれ世界樹の雫が原料で、10年に1回しかシーズン来ないんじゃ」

「雫が取れればいいんでしょ？　枝1本くらい切っちゃうとかどう？　幹を全力で蹴れば、ポタポタ落ちてくるかも知れないわよ」

「なるほど。ワンチャンありであるな」

普通に悪のボスキャラっぽい思考であった。

アガメムノンも「あ、その手があったか」みたいな顔をするが、ユーリは苦虫を噛み潰したような表情で首をブンブン振る。

「それ、最後の手段にしようぜー。絶対後で怒られるパターンじゃん」

「世界樹まで行くのが大変であるしな。ふむ……しかし、出来合いのでよいのなら、知り合いにエリクサーを作る賢者がいてな。クソ気難しいババアだが、頼めば1本くらいくれるだろう」

「お！　よっしゃ、早速もらいに行こう！」

作戦会議が終われば、即行動。アクションの早さには定評があるパーティーである。

アガメムノンが元の巨大サイズに戻り、その背中に乗って移動を開始。

向かう先は、峻厳な山脈が続く辺境の地だ。

「で、その賢者さんって、どんな人？」

「む。名前はルウィ。年は確実に、余より上であるな。エレミアといい勝負であろう」

「ぶっ殺すわよ」

割と本気の殺意が魔王を襲う。たとえ不死女王でも、年齢の話は禁句らしい。

「……アガメムノンより年上であろう、うん、きっと」

「ふーん。それで賢者ってことは、さぞ落ち着いた人なんだろうな」

「いや。死ぬほど短気で、得意技は攻撃呪文である」

「ねえ、それって本当に賢者って言うの？」

エレミアが首を傾げる。ルキウスは実に忌々しそうな顔で答えた。

「余は、口げんかで一度も勝ったことがない……！」

「一応教えておくけど。賢者って、そこのヤリチ○より頭がいい人、って意味じゃないのよ？」

「おい、ナチュラルに喧嘩売るなよ！」

ドラゴンの巨体の上で、取っ組み合いを始める三人。アガメムノンは凄く迷惑そうであった。

そうこうするうちに、目的地が見えてくると、流石に全員、少しは身構える。

「……さて。どういう挨拶をしよっかな」

断崖絶壁の上に建つ、巨大な塔。いかにも「大魔法使いの住処」っぽい建物を前に、ユーリが腕組みして挨拶の文言を練っていた。

「まあ、余の知り合いであるからな。任せておけ」

「お、それじゃ、よろー」

なるほど、いかに気難しい人物であれ、知り合いが声をかければ、話し合いもスムーズに行くであろう。

そう思って、三人はルキウスに挨拶を任せた。任された彼は、すう、と大きく大きく息を吸い。

「おーーーい！　まだ生きておるかババア！」

峻厳な山脈に、大変よく通る声の挨拶が木霊すると、塔から炎が噴き上がった。

「その腹立つ声は、ルキウス坊主じゃな！　今日という今日は、地獄に叩き落としてやるわ！」

怒りに満ちた声と共に、塔から人影が飛び上がる。

そして強力な炎の魔法が、真っ直ぐルキウスめがけて飛んできて、直撃した。

「ぐおおっ!?　いきなり何をするのだババアよ！　最低限の礼儀も知らぬのか!?」

「それはこっちの台詞じゃ、はな垂れ坊主め！」

魔工もアガメムノンの背から飛び上がり、流れるように空中戦へ移行する。

それをポカンと眺める、残り三人。

「……あの厨二病を信じた、俺が悪いかも」

「すっごく他人のフリをしたいのう」

「もう無理でしょ。こうなったら、向こうの頭が冷えるまで、やり合うしかないでしょうね」

特大のため息を吐きながら、三人も空中戦に加わるのだった。

「うおっ！　こいつは、確かに、気難しいなっと！」

「うーむ。わしが思うに、気難しいというか、殺気が篭もっておらぬか？　これ」

「分からないわよ、賢者ジョークなのかも。おっと危ない」

火炎魔法による絨毯爆撃。

それを避けたりブレスで吹き飛ばしたり、アンデッドを盾にしたり。

三者三様のやり方で賢者めがけて近付く三名。

なおルキウスは、特に集中的に攻撃を受け、悲鳴を上げていた。

邪神ほどではないが、結構な実力の持ち主である。ユーリは攻撃をかいくぐりながら、空に浮く賢者めがけて近付いて、驚愕の事実に気付いた。

「……ロリババア、だと……!?」

賢者ルウィ。水色の髪をボリューム豊かに伸ばした、その姿は。

12歳くらいの女の子だった。

流石のユーリもストライクゾーンを外れる、純粋な意味で「可愛い」娘である。それが、のじゃロリ口調を駆使し、大魔法を連発する。何というファンタジーであろうか。

ユーリは異世界に来て、何度目になるか分からぬ、深い感動に打たれていた。

「すげえ、ロリババア！　実在するんだ！　さっすが異世界！」

「そこのクソガキ！　絶対一発当ててやるぞ！　わしをババア呼ばわりする輩は、決して許さぬのじゃ！」

「うおっ、あぶねっ！」

ルウィが標的を、ルキウスからユーリに移す。しかしユーリは、殺気に満ちた攻撃を楽しげに避け回り、距離を更に詰めていった。

「ええいっ、このクソガキ、ムカつくが出来る！」

「や、ははっ、半年でこういうの慣れちゃって……」

「半年ってなんじゃ！　ええい、大体ロリババアとか、意味分からんことを言いおってからに！　ロリってなんじゃ、ロリって！」

「え？　えーと、幼くてちっちゃな子のことだけど」

「……ぬ？」

突如魔法の行使が止まり、奇妙な沈黙が場に満ちた。

「おいクソガキ。今の言葉をもう一度言ってみよ」

「あれ？　いや、幼くてちっちゃな子って」

「ほうほう。もう一度」

「だから、幼くてちっちゃな子だよっ！」

「……くふふ」

突然、賢者ルウィは頬を両手で押さえ、くねくね空中で身悶え始めた。

「そっかー、わし、幼くてちっちゃいか。それは仕方ないなー。これ坊主、若くて魅力的なわしに惚れてはいかんぞ？　これでも悠久の時を生きる身、坊主とは生きる時の流れが違うのじゃ……」

「いや、流石に子供すぎて、犯罪っぽいし……」

「子供すぎる！　ほほー！」

凄い嬉しそうに空中で飛び跳ねるルウィ。ルキウスはそれを、大変気持ち悪いものを見る目で眺めていた。

「あのババア、余が生まれたときには、もう歴史書の人物だったのだが」

「……ねえ、アレってほんとに賢者なのよね？」

「わしも不安になってきたぞい」

賢者ルウィ。ちょっとお世辞に弱い12＋(検閲）歳である。

§

「折角の客人じゃ。もてなしをせぬのも、礼儀を欠くというもの。お茶でも飲んでいくのじゃ」

「「「「……」」」」

火炎魔術の『おもてなし』を食らっていた四人は、ルウィの変わり身の早さにジト目になった。

「る、ルキウス坊主が失礼なことを言うからじゃもん！　わし悪くない！」

「はぁ……まあいいわ。じゃあここは、ルキウスが全部悪いってことで」

「そうじゃな。まこと、口は災いの元であるのう」

アガメムノンが小型化し、四人は賢者の塔にお邪魔した。

『ちょっと待つのじゃ』と言い残し、別の部屋に入ったルウィは、なぜか賢者っぽいローブ姿から、ワンピース姿に。

ちょっと大きめサイズで、膨らみ始めのわずかな胸が、チラチラ見える。率直に言って犯罪っぽい見た目だった。

「……ババ、むぐっ!?」

「まー落ち着けルキウス。ほら、これから交渉だし、な？」

『ババア無理すんな』

ルキウスが最後まで言えば、全面戦争。たぶん塔は爆発四散、しょうもなくも壮絶な殴り合いが起きたであろう。

ユーリの珍しいファインプレーであった。

「で、そこのアホ魔王に聞いたんだけど。エリクサーがあるって、本当かしら？」

「ほほー、エリクサーか。あるぞ。別に余っておるから、やるのは吝かでないのじゃが」

「お！　これで解決！」

「何に使うか聞きたいところじゃの。そこの坊主が思っておるほど、事が簡単とは限らぬのじゃ」

「んー。病気の女の子がいてさ。ソラリアの花ってのが、特効薬らしいんだけど。もう絶滅したとかで、じゃエリクサーでいいじゃん、と」

「ふーむ……ソラリアの花で治る病、か……」

むー、と腕組みをして考え込むルウィ。

見た目、小学生高学年の女の子だ。くりくりお目々が可愛らしい、ロリっ娘である。それがいかにも『賢者』という、本の山や魔道具に囲まれている様は、とてもファンタジー。

ユーリはついニヤニヤしてしまい、仲間達の絶対零度の視線にさらされた。

「「「ロリコン」」」

「冤罪だ！　公正な裁判を要求する！」

「正直、貴様の女好きがそこまで行ってたとは、余もビックリであるわ。そこの万年喪女に欲情とか流石ヤリチ〇卿……ぬおっ!?　何をするババア！」

「聞こえておるわクソ坊主！」

音速に達しそうな勢いで投げつけられたナイフを、紙一重で避けるルキウス。

攻撃する側、される側、どっちも人知を超えた達人である。だが、このしょうもなさは何なのか。

そんな中断がありつつも、ルウィはうんうん悩み、おもむろに口を開いた。

「よいか、エリクサーというのは、実のところ病気を治しているわけではない。アレは、全身を新品同様にして、病気を『なかった』ことにしておるのじゃ」

「え、そうだったの？　わし初耳」

「ドラゴンは病気にならんからのう。しかし、全身を新品にしたって、治らぬ病気は治らぬ。例えば、生まれつきの病気のうち、厄介なものは治せぬのよ。何と言えばいいんじゃろうな、その存在に根付いてしまった病気、とでも言うものが、世の中にあるのじゃよ」

「あー、遺伝病か」

頷くユーリを、仲間達三人が信じられぬものを見る目で凝視する。

「バカな、貴様が賢しらなことを言う、だと……!?　いかん、邪神が復活するぞ！」

「おおお、何ということじゃ……世界の終焉は、こんな形で……」

「明日は雪と雷と槍が同時に降ってくるわね」

「よし、ちょっと拳で語ろうじゃないか！」

人んちで取っ組み合いを始める四人。何処まで行っても迷惑な連中であるが、そこは家主が神秘のロリババア。

パンパン手を叩いて、何事もなかったように話を戻してしまう。

「遺伝病、か。その呼び方は初耳じゃが、坊主は何か知っているようじゃの」

「うーん、俺異世界から来たからね」

「ほ！　それはまた、どうりで変わり者と思ったわ！　召喚で来た客人か！　では問おう、そなたの世界で、その病はいかに治す？」

「……すんません、分かりません……！　遺伝病って言っても、色々だし。臓器の問題なら、臓器移植かな。ある種の栄養を作れないなら、薬でどうにかするって手もあるし……」

「臓器移植？　坊主の世界では、他人の臓器を移す方法があるのか⁉　なんとも凄まじきことよのう。いかん、血が滾るわ」

目を爛々と輝かせ、グイグイ迫ってくる幼女。絵面的には、大変に事案であった。

そしてユーリは、少し『賢者』の称号に納得する。なんというか、マッドサイエンティストっぽい。

「脱線したの。ソラリアの花にはな、ある種の病気を『誤魔化す』成分があったのよ。別に治すわけでもないが、命を永らえさせることは出来た。ゆえに、特効薬として伝わったのじゃろうな。誤っておるが」

「……ちょっと待ちなさいよ。じゃあ、なに？　あの子は、ソラリアの花を見つけても、エリクサーを何本飲ませても、治らないってこと？」

エレミアが怒ったように問いかけると、ルウィは実にいい笑顔になった。それはもう、大変楽しそうで、嫌な予感がする笑い。

流石のトラブルメーカーズも、警戒せざるを得ない顔である。

「ふふふっ、そこでこの大賢者の出番よ！　なに、簡単なこと。存在に根付いてしまった病気なら、存在を根っこから変えてしまえばよいのじゃ！」

動物の頭蓋骨やら、溶けた蝋燭やらが転がるテーブルを綺麗にして、魔法陣を描き出すルウィ。その瞳は怪しく輝き、呼吸は荒かった。

「面白い、これは面白い問題じゃぞ！　エリクサーに、アレとコレを混ぜ混ぜして、あの術式を持ってくれば……くふふ！　わし、天才！」

見ていて心配になる興奮具合だが、その手つきは確かで、テキパキと魔法陣を描き終わり、触媒を引っ張り出し、瞬く間に魔術の準備を済ませてしまう。

最後に、エリクサーの瓶を魔法陣の上に置いて、準備は完了。

「よし、それではここに、わしの血を混ぜてっと」

小さなナイフで指先を傷つけると、血の雫をエリクサーに混ぜ。

古い古い、悠久の彼方からやって来た呪文を唱える。

「聞くがよい、万物の原理、其は無限定《ト・アペイロン》なるもの。月の光は偽物で、星辰は全てが嘘。笛は吹き出し、万物は相争い、この小さき世界を含んだものは、火を呑み込み変容する」

部屋の空気が震える。

ひどく昔のおとぎ話、大人達が忘れてしまった物語、白日夢に溶けた記憶、そうしたものが、ほんの一瞬、部屋に立ち現れて、消えていった。

残ったのは、薔薇色がかった黄金の液体。

「出来たのじゃーーーー！」

「……ほ、本当に賢者だったんだ……！」

何気に失礼な賛辞だが、ハイになってるルウィは気付かず、天狗のように鼻高々。

「わっはっは！　もっと褒めてもよいのじゃぞ？　なにせ、史上初！　歴史上初めての、ヴァンパイア・ロードを生む薬！」

「……あれ、俺なんか既視感あるんだけど」

「奇遇ね、私もだわ。何というか、これって振り出しに戻ってない？」

「な、なんじゃその目は！　ホントに凄いんじゃぞ！　どんな種族でも、これを飲んだらヴァンパイア・ロードじゃ！　眷属とかじゃなく、正真正銘、純血の吸血鬼と同じ存在に変わるのじゃ！　遺伝病だか何だか知らぬが、別の種族にしてしまえばこっちのもの……！」

四人は揃って頭を抱えた。アンデッドか吸血鬼か。どっちにしろ、なんだか当初の目標からどんどん離れていく。

しかし、ここでアガメムノンが、非常に現実的な逃げを打つ。

「わしの見立てでは、あの子が長生き出来るとは思えぬし……どうじゃ、ここは一つ、時間稼ぎにその薬を飲ませちゃうのは。ロード級のヴァンパイアなら、寿命も凄い長いじゃろ？　その間に、今度は人間に戻す薬を作ればいいんじゃよ」

「「「その手があったか……！！！」」」

まるで炎上プロジェクトで、火消しのために場当たりパッチを当て、根本解決を先送りするがごとき所業。

知恵あるドラゴンの、『後で帳尻合わせればオッケー』という叡智に、皆が震える。

「うおっ!?　オレの茶碗が、いきなり真っ二つに……！　何か、悪いことが起きてるのか……？」

「ギルド長、私も何だか、とっても嫌な予感がするんですが」

「あいつら……」

「大丈夫ですよね……？」

冒険者ギルド。二人の予感は、あんまり良くない方向で当たっている。

§

四人＋1がクライン家にやって来たのは、依頼を受けた翌日の夕暮れだった。

「てか、何で付いてきてるのだババア！」

「ぶち殺すぞ、はな垂れ坊主！　わしが作った薬じゃし、ちゃんと効果を確かめる責任はあるわい！　……その、初めて作ったし、正直でたとこ勝負じゃし……」

研究ハイ状態から一夜明け、だんだん冷静になってきたルウィ。それを四人が、不安に満ちた目で見つめるが、揃ってため息。

「ま、他に方法もないんだし……とにかく試してみようぜ！」

「そうじゃ！　それに、わしがいれば、もしコケても修正が利くのじゃ！」

「……最悪、私がアンデッドにするけど、あれ後戻りできないからね」

「わし、とても心配……」

とはいえ、グズグズもしていられない。意を決して屋敷のベルを鳴らすと、ドタドタと大きな足音が響き、ドカン！　と音を立ててドアが開いた。

「おおっ、冒険者の皆さんっ！　お、お嬢様が……！」

「ぬ、これはいかん奴だ！」

「やばっ！」

血相を変えて走り込んできた執事の姿に、四人が猛ダッシュ。文字通り目にも留まらぬ速さで、リリーの部屋に突っ走る。

部屋を知らないルウィと、人間離れした速度にポカンとした執事は、互いに目を見合わせる。

「……えと、わしは、どこへ行けばいいのか分からぬのじゃ。その、病気の娘のところに案内してくれると嬉しいのう」

「は、はいっ……！」

遅れて部屋に足を向ける。その最中も、老執事の足音は高く、緊迫した事態を表していた。ルウィは知る由もないが、慇懃な執事として長く務めてきた彼がここまで態度を乱すのは、初めてのこと。

それだけ事態は切迫していたのだ。

「やあ、済まないね……どうも、君達の冒険より先に、ボクの寿命が来ちゃったみたいだ……ゴホ、ゴホッ！」

「あ、諦めないでくれ、リリー！　まだだ、まだ、きっと、時間は……！」

既に起き上がる力もなく、ベッドに寝たきりになったリリーが、それでも韜晦《とうかい》して声をかける。

彼女の力ない手を握りしめ、クライン家当主は、涙ながらに娘へ縋り付いていた。

そんなシーンを前にして、四人組が叫んだ言葉は。

「「「「ま、間に合ったーーーーー!!　セーフ！！！」」」」

である。

へ？　という表情で顔を上げる当主。目を丸くさせるリリー。そんな二人に構わず、瞬き一つの間にベッドサイドにやって来る四人。

ほっとした顔のユーリが持っているのは、薔薇色がかった黄金の、神秘的な薬液だ。

「ささっ、これ飲んで！」

「あ、危なかったのである……！　ギリセーフ！　さあ飲むのだ！　ぐいっと！」

「多分大丈夫だから、さっさと行きなさい！」

「……うん、わし、ちょっと不安あるけど、背に腹はかえられぬよね」

ずずいっとリリーに顔を近付け、薬液を押し付けてくる四人。その迫力に、リリーは苦笑いしながら、瓶を受け取った。

「……綺麗な色。これが、ソラリアの花の薬液なのかい？」

「「「「……そ、その通り！」」」」

とても目が泳いでいる四人組が、そう断言する。

リリーが薬液をゆっくり飲み始めると、変化ははっきり、目に見える形で現れた。

「……こ、これは……!?」

当主が目を丸くして驚く。それはそうだ。なにせリリーの全身が赤みがかった光に包まれ、キラキラしているのである。

長い金髪はざわめいて、ゆらゆらと宙をなびき、まるで水の中を浮いているよう。

「お、お嬢様……!?」

遅れてやって来た執事も、予想外の事態に立ち尽くしていた。

その後ろからちょこんと顔を出したルウィは、ぐっと拳を握りしめ、

「やったーーーー！　成功なのじゃーーーーー！　やっぱり、わし、天才！！！！！」

その言葉を耳にした途端、トラブルメーカーズの四人は『はぁーっ』とため息を吐いた。

やがて発光が収まると。

目を瞑っていたリリーは、その瞳をおずおずと開いて。

「あれ……何だろう。体が軽い……？　って、ええっ!?」

飛び起きる。

それだけではない。ベッドの上に勢いよく立ち上がり、ぴょんぴょん飛び跳ね始めた。

「う、動けるっ！　えええ、ボクの体、思い通りに動くよ！」

跳ねるだけでは足りなくなったのか、床に下りて、確かめるように足を動かし、駆け出した。

足を前に出し、床を踏みしめ、走り出す。

病気になってからずっと出来なくなっていた動作が、不思議なくらい簡単に出来る。むしろ、健康だった頃より更に良くなっているくらい。

自分の体の変化に、リリーは心底驚いていた。

先ほどまで、悲嘆に沈んでいた当主はといえば。

「おおっ、娘がこんなに元気に……！　ああ、娘が、娘が、自分の足で立って……！」

2年間寝込んでいた娘が、元気いっぱい走り回るのを見て、泣き崩れてしまった。それはもう、おいおいと号泣している。

執事の老人も、直立不動のまま、はらはらと涙を流していた。

何事かと駆けつけた使用人達も、くるくる回ったり飛び跳ねたりするリリーを見て、爆発したような歓喜の叫びを上げ、それに号泣。

「凄い、凄すぎるよ……！　こんなに体が動くのは、生まれて初めてだ！　まるで、ボクの体じゃないみたい！」

ドキリ。

大変鋭い感想である。

五人はあらぬ方向を向きながら、「いやー良かった！」「頑張った甲斐があったわい」とか、白々しいことを言っていた。

そして円陣を組み、『吸血鬼の弱点、どう説明するのよ？』『副作用ってことにしようぜ』『なら貴様が言うのだ！』『わし、帰っていい？』とヒソヒソ相談。

そんな彼らに、顔をくしゃくしゃにしながら、当主が駆け寄ってくる。

「トラブルメーカーズの皆さん……！　依頼料は、いかほど欲しいですか!?　ははは、もう言い値で払いますぞ！　冒険者ギルドにも、当家から感謝状を出しましょう！　皆さんの活躍がいかに素晴らしかったか、ああ、私は語っても語りきれない！」

「ご当主様、吟遊詩人や作家を呼んで、本を書かせてはどうでしょう」

「うむうむ、それもいいな！　おお、そうだ、彫刻家を呼んで、庭に皆さんの銅像を建てるのはどうだろう？」

「素晴らしいですな。早速手配致します」

どんどん話が大きくなっていく。

四人は盛大に冷や汗を流していた。とても、「娘さんをヴァンパイア・ロードにしちゃいました！　後でちゃんと人間に戻すから、ちょっと待っててね！」と言える雰囲気ではない。

そこに、すっかり元気いっぱいなリリーも参加してくる。

「いやあ、凄すぎるよ！　薬を飲んだら、こんなにすぐ回復するなんて！　とんでもない効き目なんだね、ソラリアの花というのは……」

ギギギ、と錆びた機械みたいな動きで、四人が明後日の方向を見る。

「そ、そうね。ぜ、絶対『病気は』治ってるわよ！　保証するわ」

「うむ、間違いはないぞ。確実じゃ。その、なんだ。あの薬草の効き目には、わしもびっくり」

「そうだ！　ひょっとすると、出し汁を取ったときに、何か反応したのかもな！」

「そ、そうかも知れぬ！　いやあ、いずれにせよ良かった良かった！　わっはっは！」

話しながら、アドリブでそれとなく、『意図しない作用があるかも』アピールである。ルウィはそれを見て、コソコソ帰ろうとしていたが、ルキウスに捕まった。

「ところで紹介しよう、薬液を作ったのはそこの賢者ルウィなのだ！」

「そう、このわし、賢者ルウィが作ったのじゃ……って、おい、ルキウス坊主、貴様……！」

「（ババア、貴様一人だけ逃がしはせぬぞ！）」

「（は、離せ！　こんなときばっか賢者呼びするでない！　わしは効果を確かめたし、もう帰るのじゃ！）」

「（ククク、逃がさぬ！　さあ、余達の言い訳祭りに参加するがよい……！）」

道連れを増やそうと醜い争いをする二人。

そこへ執事の老人がやって来て、未だはらはら涙を流しつつ、深々と綺麗なお辞儀をする。

「お嬢様を救って頂いたこと、感謝の念しかありません。当家は、そして私は、このご恩を決して忘れないでしょう……！」

誠心誠意、真心の伝わる感謝であった。

そこに、周囲に集まっていた使用人達、当主、そしてリリーも連なって、深く頭を下げる。

五人はヒクヒク口を引き攣らせ、割とあっさり、罪悪感の限界に達した。

「え、えっと、ちょっとお話があるので、リリーとお父さん、それに執事さんだけ残ってくれます……？」

「おお、分かりました！」

報酬のことだろう。そう思った当主が、使用人を外に出す。

最後の一人がお辞儀と共に退出し、ドアを閉めた瞬間。四人はしめやかに、鮮やかな土下座を決めた。

「「「「どうもすみませんでした……！」」」」

突然の奇行に、三人はポカーンと口を開ける。ルウィは土下座に加わらず、ぴゅーぴゅー口笛を吹いて、「わし関係ないもーん」アピール。

「ど、どうしたんだい、いきなり？　ボクの体は、ほら、すっかり良くなったよ!?」

「……そ、それね。えっと、ソラリアの花の薬じゃや、ないのよ」

「そこの賢者ルウィに聞いたら、リリーの病気は、ソラリアの花でもエリクサーでも治らぬと言われたのだ」

「あー、それでのう、言いにくいのじゃが、その薬……」

「ひ、人をヴァンパイア・ロードに変える薬だったりして……あ、あはは……」

ヴァンパイア・ロード。

およそ『病気を治す』という状況では聞かない単語に、三人が首を傾げる。

そして理解が意味に追いついたところで、目を丸くした。

「そ、そんな薬、聞いたことがありません……！」

驚愕に硬直する当主へ、ルキウスが開き直ったように答える。

「それはそうだ！　そこの賢者ルウィが、昨日初めて作ったのだからな！　歴史上初めてと言っていたよな、賢者ルウィ！　いよっ、流石は暗黒大陸の大賢者！」

「わ、わしを巻き込むな、はな垂れ坊主め……！　そ、そうじゃよ、昨日作ったのじゃ。し、仕方ないじゃろ？　そこの娘の病気じゃが、エリクサーでも治らぬ厄介なものなのじゃ。思うに、母親も同じ病気で亡くなっておらぬか？」

「……確かに、妻は娘と同じ病気で……」

「親から子に伝わる病気なのじゃよ。その連鎖を断ち切るには……しゅ、種族を変えちゃうしかないかあ、って♪　てへぺろ♡」

「うわ、気持ち悪っ。年を考えるのだババア」

「やっぱり貴様はぶち殺すのじゃ、クソ坊主！」

取っ組み合いを始める二人を尻目に、エレミアが大きくため息を吐く。

「ということで……実はこの依頼、達成してないのよね」

「は、はぁ……？　ええと、まあ、確かに驚きましたが……娘は、元気になりましたよ？」

「うん、ボク凄く調子がいいよ！　別に、ソラリアの花じゃなくっても、全然構わないんだけど」

「お嬢様の病気が治ることが肝要かと」

「じ、実は……副作用があるのよ」

エレミアが珍しく、深刻な顔を作って語り始めた。

それはヴァンパイアという種族が抱える欠点についての説明である。

「まず、胸に杭を打たれたら滅びてしまうわ」

「それ、どんな人間も死ぬと思うよ」

「銀の武器によっても滅んでしまう……」

「だから、鉄の武器でも人は死ぬから」

定番の注意は鋭い突っ込みに潰されてしまった。あれ？　割と致命的なところなのに、と首を傾げるエレミア。しかし気を取り直して、説明を続ける。

「日の光を極力避けて過ごす必要があるわ」

「娘は夜型で、夕方に起き出すことも多く……」

「早速、職人を呼んで最高級の日傘とヴェールを作らせましょう」

「招かれざる家には、入ることも出来ないの」

「人の家に勝手に入るのって、泥棒って言うんじゃないかな？」

「流れる水を、渡ることも……ああ、これは飛べばノーカンだしいっか……」

「人間は飛べないよ！　どうせボクは泳げないけどね！」

ヴァンパイアの弱点を説明し終え。

あれー？　という顔でエレミアが頭をひねる。

「……人間って、思ったより不便なのね？」

「ああ、時々忘れてしまうのう。ユーリなら、杭を打たれようが杭が折れるし、並の武器ではダメージ入らぬからなあ」

「なるほど、ヤリチ○が例外だったのね」

「おまえらなー……まあ、そういうわけで、その。色々、注意してね？　おーいルウィ、他に注意点ってあるのー？」

「なんじゃ、今ルキウス坊主に止めを刺すので忙しいぞ！」

「貴様ら、無視してないで助けるのだ！　このババア、本気で殺しに来ていたのだぞ！」

ちっ、もう少しだったのに、と舌打ちしてルウィがトコトコ戻ってくる。

そして「ちょっと見せるのじゃ」とリリーの顔に手を当てて、ペタペタ触り。

「おおー、これは随分と上手く行ったのう。ロードでも、だいぶ高位の力を持っておるのじゃ。流石、わしの血を素にしただけはある」

「……ん？　血を、素にしたって？」

「あれ、言ってなかったかの？　わし、ヴァンパイアなのじゃ。わしくらい強大になれば、さっき並べてた欠点など、だいたい克服出来てるがの」

「え、なにそれ」

四人が割と呆然とする中、ルウィが当然のように話を続ける。

「リリーくらいの力があれば、ううむ、真夏の海で日光浴をしなければ大丈夫なのじゃ。だいたい、ロードが日の光で灰になったり、杭で心臓を貫かれたくらいで、滅ぶわけないじゃろ？

レッサーじゃあるまいし」

「ああ、それもそうね。納得だわ」

「うむ、余も同意。ヴァンパイアというのはしぶとい連中だからな」

「……えーと。それって、ボクは杭で心臓を刺されても、死なないってことかい？」

「そうみたいね。さっきのは、私の心配しすぎだったわ。そうよね、杭で一発刺されたくらいで滅んでちゃ、ヴァンパイアはやっていけないもの」

「きゅ、吸血鬼も大変なんだね……」

さて、そうして一通り注意事項の説明が終わると。

当主が感極まったように叫んだ。

「そ、それでは……娘は、もう、病気や怪我に悩まされることは、ないのですね……！」

「そりゃそうじゃ。ヴァンパイアが病気とか聞いたことないし、怪我だってすぐ回復するのじゃ。流石に細切れにされたら、時間かかるがの」

「す、素晴らしい！　良かったなリリー！　これで、お前がずっとやりたかったこと、全部出来るぞ！　自分の目で、自分の足で、外の世界を感じてきなさい……！　これからは、自分のやりたいことをやるんだ、リリー！」

「パパ……！　うん、ボク、頑張るよ！　外の世界を、いっぱいみて、ボクだけの物語を書くんだ！」

ひしっと抱き合い、おいおい泣き始める親子。もらい泣きをする執事。

感動の光景が広がる中、ルウィがポツリと、大変余計なことを付け足した。

「あ、忘れてた。食事は大切なのじゃ。人族でも魔族でもいいから、魔力の強い血が良いが……」

品定めをするように、冒険者四人組を見渡すルウィ。そして容赦なきダメ出しをする。

「エレミアは死の魔力が強すぎなのじゃ。アガメムノンはちょっと種族違いすぎ。ルキウス坊主のは、飲むと品性が悪くなる。悪いことは言わぬ、止めておくのじゃ」

「言ってくれるな、ババア……！」

「すると、ふーむ。ユーリの坊主じゃな。魔力は計りきれぬくらいじゃし、似たような年頃じゃし、ちょうどいいじゃろ」

「まあ、妥当だろうなあ」

「余の血はノーブルな味わいがするに決まっておるが、しかしユーリは同じ街に住んでいるしな。現実的である」

「……女の子にヤリチ〇の血って、どうかしら」

どこまでも締まらない四人組である。

かくして達成不可能な依頼は、華麗にロンダリングされ、達成されたことになったのだった。

§

「それじゃユーリ、後は任せたわねー。あー、疲れた……」

「今回は流石の余もダメージ溜まったわ……主にババアのせいでな！」

「リリーや、日光を浴びすぎぬようにのう。あと……えっと、その、じゃな。そんなにお辞儀しなくてもいいと、わし、思うのじゃよ？」

三者三様、適当なことを言って帰るトラブルメーカーズの面々。

それをクライン家の一同が深々とお辞儀をして送り出す。

一通り説明もしたし、吸血鬼バレもしたのだが、それくらいで揺らぐ謝意ではなかったらしい。三人はとても気まずそうであった。

で、残った二人はというと……

「初めての吸血は、わしが一緒にいた方がいいじゃろ」

「そうだね。ボク、人の血を飲むんだ……実感が湧かないよ」

「ま、すぐ慣れるのじゃ。ユーリ坊主、では頼むぞい」

「へーい」

リリーの吸血初体験のため、屋敷に泊まることになっていた。

「坊主ほどの魔力の持ち主なら、たぶん月一で飲めば十分じゃが。ひょっとすると、それでも多すぎるかも知れぬのー。くれぐれも、ゆっくり、ちょっとずつ飲むのじゃ」

「よっし、カモン！」

ぐいっとシャツの襟を引っ張り、首筋をさらけ出すユーリ。吸われる側なのにノリノリである。

なにせ、リリーは魅力的な美少女。凛々しくも可愛らしい、整った顔に、輝く金髪。顔色はヴァンパイアになって、むしろ良くなっている。

すらりとした肢体に薄手のワンピースを着て、いかにも「良家のお嬢様」という感じだ。

そんな美少女ヴァンパイアに血を吸われるなど、ご褒美でしかないのだった。

「ふふっ、君は優しいんだね。そうして、ボクの罪悪感を減らそうとしてくれる」

「……そ、ソウダヨー」

言えない。『美少女の首筋キス！』なんて下心いっぱいだったとは、言えない。

「ほら、首筋に口を当てるのじゃ。何となく、直感でカプリと行けば、大体うまく行くからな」

「ほ、ホントかな……？　その、痛くしたら、ゴメンね？」

「だいじょーぶだって」

かぷり。

その一噛みは、殆ど痛みがなかった。

ユーリが真っ先に思い出すのは、離宮で女の子に甘噛みされる感覚である。

痛いというよりは、むず痒い。

「んっ、ちゅ、ちゅぅっ……」

そしてエロい。

ゆっくり血を吸うにつれ、リリーの頬は林檎のように真っ赤に染まり。

瞳は真紅に煌めいて、金糸の髪はざわざわと揺れる。

「ぷはぁっ、んっ、もうちょっと、もうちょっとだけ……！」

「く、くすぐったいって、リリー」

ユーリの背に手を回し、さわさわと撫で回しながら、情熱的に抱き付いてくるリリー。なんだか、様子がおかしかった。

「す、ストップなのじゃー！」

慌ててルウィが二人を引き剥がす。『あんっ』と漏れる声が、ひどく艶っぽい。

零れる血潮ももったいないと、ぺろりと舌を舐める仕草は、実に男殺し。

「……まだ、足りないのに……」

「どう考えても十分なのじゃ。こうして触っても、魔力がビンビン伝わってくるわ」

「むー……分かったよ。ゴメン、ルウィの言うことだもんね」

「分かればよいのじゃ……ああ、こんな素直に言うことを聞いてくれるなんて、わし感動……！　リリーは可愛いのう！」

「ボクからすれば、ルウィの方が可愛いけどね」

「ほほー！」

奇っ怪な踊りを踊り出す賢者。なにせ暗黒大陸では『あの凶悪な』賢者、みたいな枕詞が付くのである。

同性の女子に可愛いと言われて、テンションはＭＡＸだった。

こうして賢者が役立たずになった間に、リリーは次のアクションへ移る。

「血を吸わなければいいんだよね？　じゃあ、こんなのはどうかな？」

「え、ちょっと、リリー!?」

積極的にユーリへとしなだれかかり、衣服越しに肌を合わせる。ふにゅ、と当たってくる胸の膨らみ。どうやら着痩せするタイプだぞ、とユーリは悟った。

「ふふっ、ドキドキするよ……男性と、こんな風に触れ合うなんて、夢にも思ってなかった」

「り、リリー、不用意に男に近付くのは良くないぞっ。男っていうのは、そういうことをされると……」

「ちゅっ」

「!?」

不意打ちだった。

唇と唇が重なり合う、求愛のキス。

目を白黒させてワタワタするばかりのユーリに、少女の方は迷いがなくて、何度も何度も。

うっとり瞳を潤ませ、長い睫毛を瞬かせて、甘い口付けを交わす。

「～～～ッ！　リリー、ど、どうしたのさっ」

「どうしちゃったんだろうね。自分でも不思議なんだ。胸がドキドキして、もう君の顔しか見えないよ、ユーリ」

ただでさえ、ベッドに腰掛けて吸血をして。何だか「そういう」ムードになっていたのだ。火が付いてしまったら、もう止められなかった。

「ユーリ……ボク、君のことが欲しくて欲しくて、もう我慢出来ないよっ」

「え、ちょっ」

自分からワンピースのボタンを外し、思ったより大きなおっぱいをさらけ出して、飛びかかってくる。

ぷるんぷるん。

胸板にぶつかり、弾む乳房の柔らかさに、ユーリの頭は沸騰寸前だった。

「お、俺、付き合ってる女の子が複数いるんだけど！」

「どうでもいい！　今はとにかく、ユーリと一つになりたいっ」

まるで、今までずっと抑え付けてきた情熱が、一気に噴き上がったよう。

リリーの力強い手が、ユーリの服をどんどん脱がしていく。ユーリの意志は折れそうだったが、最後の力を振り絞り、賢者へと助けを求めた。

「る、ルウィ！　コレどうなってるの!?」

「ま、魔力の相性が良すぎたせいじゃ……たぶん。凄いのじゃ、こんなことが起きるなんて……！　わし、ビックリ！」

賢者はちょこんと床に正座し、ガン見であった。全く役に立たない。

そうこうしているうちに、リリーは全裸になって眩い柔肌をさらしてるし、ユーリの服はパンツ一枚残して脱がされてるしで、絶体絶命であった。

「わ、凄い綺麗……」

そしてリリーの裸は、とても美しかった。ほぼ完成されたプロポーション。全体的にスレンダーなシルエットだが、バストは女性らしさを存分に主張している。Dカップはありそうで、揉み心地が良さそうだった。

「嬉しい……ユーリのも、凄く逞しいよ」

ストレートに褒められて、リリーの頬にさっと朱が差す。

「え？　ちょっと！」

ぼろんとパンツを脱がされ、フル勃起したモノがさらけ出される。散々女の子を脱がしてきたユーリだが、こんな風に脱がされるのは初体験。

「カチカチだね。こんなのが入るんだ、凄いな」

「リリー、俺、もう……」

「うん、大丈夫。一緒に、気持ち良くなろう！」

そう言って男の上に跨がり、くぱぁ、と秘所を開いてみれば。

ピンク色の内部が、ひくひくと動いて、もう愛の蜜を滴らせていた。

リリーの陰部は無毛で、それが余計にいけない感じを強めている。

「んっ、嗚呼……見えるかい？　ボク達、一つになるよ」

「あっ、くぅっ」

みちみち。

少女の肉を割り開き、そそり立つ男根が気持ちいい穴へはまり込んでいく。

今まで異物の侵入を受けたことのない肉襞を、押し広げ、自分のモノにしていく快感。

ベッドに寝そべり、半ば押し倒された形のユーリは、もう抵抗とか出来なかった。ただ、めくるめく快楽に幻惑されるだけ。

「あはっ♡　入ってくる、熱いの、ボクの中に入ってきてるよ……！　もっと、もっと奥まで っ」

ほっそりした腰が下りていく。

陰茎をずぶずぶと下腹部に納めながら、重力のままに下ろされて、とうとう処女の抵抗に出会ったが。

「んん〜〜っ♪」

「え、わわっ！　り、リリー、大丈夫っ⁉　痛くないっ？」

リリーは何と、全く腰の動きを止めず、むしろ勢いを強めて処女膜を破ってしまった。ぷつり、と決定的な感触の後に、結合部から赤いものが流れてきて、ユーリは焦る。

ところがリリーは、もうすっかり熱に浮かされた顔で、まるで辛そうに見えない。

「ぜん、ぜんっ……！　それよりも、もっと、もっと奥まで、一つになろうよっ！」

「っ⁉」

ぺたん。

とうとうリリーのお尻が、ユーリの上に乗っかって。

二人は根元まで深々と繋がってしまった。

「ふわぁっ……血を吸うのも、気持ち良かったけど……！　これ、これっ、気持ち良すぎるよっ！　ふぅ、んんっ、あんっ！」

「そ、そんないきなり動いちゃ、んんっ」

初結合の感動もそこそこに、リリーが官能のまま腰を振り始める。

本能のまま、男も自分も気持ち良くなるように、尻を浮かしては落としての、激しい上下運動。

ユーリもここまで来たら、我慢など出来るわけがなく。ぷりっとしたヒップを両手で掴み、突き上げるように腰を動かした。

そして一部始終を、正座して凝視する賢者である。

「わ、あんなところにあんなものが、ズポズポしてる……！　せ、生命の神秘なのじゃ……！　ごくり……！」

これは、吸血行動の予期せぬ副作用を研究してるだけ！　立派な学究心で、出歯亀根性ではないのじゃ！　とか自分に言い聞かせ、目の前で展開される熱いセックスに夢中である。

ベッドの上の二人はといえば、とっくに相手のことしか見えなくなっていた。

「あん、ああんっ！　こんなの、知っちゃったら、ボク！　もう、戻れないよ……！　ううん、きっと、このために生まれてきたんだ……♪」

「リリー、綺麗だよ、リリー！」

男の上に乗って、アンアン腰を振る淫らな姿だというのに。

黄金の髪を揺らし、白い肢体を揺らすリリーの姿は、幻想的なまでに美しかった。肉交のさなかでも、どこか気品を残すのは、本人が持つ高貴さゆえか。

「ちょうだいっ、ユーリの、ぜんぶっ！　ボクの、中に！」

「ああ、イク、もう出るっ！　ううっ！」

熱くて濃い精液が、ヴァンパイアの少女の子宮に流れ込んでいく。

リリーは全身を震わせ、状態を弓なりに反らして、どくどく脈打つ放出を受け入れていた。

「あはっ、入ってきてる……ユーリのが、ボクの中に……♡」

とても幸せそうな顔で、うっとり射精を受け入れると。

彼女は糸が切れたように倒れ込んで、ユーリのうなじに何度かキスをした。

「はぁ、はぁ……こんなの、一ヶ月に一回じゃ、全然足りないよ……」

「え、えっと、したくなったら、いつでもいいけど……」

「ホントかい？　ふふっ、約束だからね！」

満面の笑みを浮かべる美少女に抱き付かれ、ユーリは大変だらしない顔をする。

と、そこで、二人とも。ギギギ、と錆びた機械のように首を動かし、床に座ったルウィへ視線を動かした。

「……凄すぎるのじゃ。相性がいいと、こんなことになっちゃうなんて、想定外なのじゃ。おち○ぽとおま○こが、ファンタジーだったのじゃ」

「る、ルウィ、ゴメン！　ルウィには、まだ早かったよね……ボク、つい我を忘れちゃって」

「わしはれっきとした大人、レディーなのじゃ！」

「……うん、そのはずなんだけど、俺もすげー悪いことしてる気分だわ……」

§

「いやあ、本当に素晴らしい冒険者パーティーでした……！　依頼料は言い値で払うと言ったのに、断られてしまいましてね。何て謙虚な方々でしょう」

「は、はあ……？」

冒険者ギルド。いきなりやって来た壮年の紳士を前にして、ギルド長と受付嬢は完全にフリーズしていた。

紳士の名前はジャック・クライン。その名を冠したクライン商会の当主であり、王都でも指折りの豪商だ。

それが、わざわざむさ苦しい冒険者ギルドまでやって来て、ギルド長の両手をがっしり掴み、凄い勢いでお礼を連発してくるのである。

受付嬢も、一緒にやって来た執事が出す紅茶を啜りつつ、「普通こっちが出すんじゃないかなぁ……」と現実逃避していた。

「娘のリリーは、もうすっかり良くなりましてね！　毎日走り回って、家がとても賑やかになっていますよ。いやあ、これも皆さんのおかげ。そうそう。今日は依頼料の上乗せ分を払いに来たのです。色々と無理のある依頼でしたからね、その分も含め、これくらいでどうでしょうか？」

どすん。

何やら貨幣が詰め込まれたっぽい袋が、カウンターに置かれてしまう。

どう考えても、今回の依頼料金の10倍はある量である。

「これをどうか、特別報酬という形で、彼らにお渡し頂けませんか。私から渡そうとしても、中々皆さん遠慮がちで。ギルドからなら、トラブルメーカーズの皆さんも受け取ってくれるでしょう」

「ぬおっ、こいつはまた……てか、本当に治ったんですかい、あの病気。オレの不見識かも知れませんが、ソラリアの花は、もう絶滅したとばかり」

「……ま、まあ、色々あって、治ったんですよ。ソラリアの花がどうこう、という話ではなく。娘が治れば、私はそれでいいのです」

「そ、そりゃそうですね。いやあ、良かった良かった」

「それでは、くれぐれもお願いします」

丁寧にお辞儀をして去っていく当主と執事。ギルド長と受付嬢は、慌てて席を立って下手くそなお辞儀をした。

何せ荒くれ者が集う冒険者ギルド。二人とも、こういうのは慣れていないのだ。

「……解決、しちゃったんですね。あの人達」

「そ、そうみたいだな……」

二人は驚きを通り越して、呆然としてしまう。

受付嬢は、どこかぽうっとした様子で、しばらく虚空を見つめていた。

端から無理筋な依頼。それでも、心のどこかで、「あの人達なら何とかしちゃうんじゃ」と甘いことを期待していた。

その期待通りに、ひょっとするとそれ以上の結果がやって来て。つい口元がほころんでしまう。あんなに迷惑な連中なのに。

「やっぱり、凄い人達なんですね」

恐らくは初めて、彼らに好意を抱いた瞬間だった。

一方ギルド長は、感心しつつも、首をひねる。

「間違いなく、大物だな。しっかし、あいつらが謙虚……？　何か引っかかるんだよなあ……」

「確かに、今頃大笑いして自慢に来ててもよさそうですけど。いいことをしたから、かえって気まずいのかも？　不器用な人達なんですよ、きっと」

「う、うーん。そんなタマじゃねーと思うが……」

ギルド長の疑問は、ほんの数日後、あんまり嬉しくない形で解消されることになる。

「ちわーっす……」

「はあ……ちょっと今日は酒飲むわよ」

「わしも依頼って感じじゃないのう……」

「余も強いワインが欲しいのである」

ギルドを訪れたトラブルメーカーズ。

いきなりの「じゃあ来んなよ！」と言いたくなる発言に、ギルド長も受付嬢もコケそうになった。

こいつら、ギルドを酒場と勘違いしてないか？　という疑問も浮かぶ。

「おお、ここが冒険者ギルド！　へえ、本で読んだことはあったけど、実物は凄いね！　ふふっ、ボク、ドキドキしてきたよ！　ね、ルウィ」

「ふむむ、この猥雑な雰囲気は、確かにそそるモノがあるのじゃ！　研究の足しにもなりそうじゃのう」

彼らの後ろからやって来たのは、すらりとした金髪の美少女と、水色の髪の女の子だった。

二人とも髪を、お揃いのツインテールに結っている。

ヴァンパイア・ロードになったリリーと、賢者ルウィである。

二人とも派手にイメチェンをしていた。

リリーはブレザーのような黒い上着に、短めの白いスカート。おみ足は黒のタイツで覆っている。頭にはつばの広い大きな帽子。

全身を白黒のツートンカラーで決めていて、控えめながらアクセントになるようなリボンやフリルがあしらわれている。

見るからに高級そうな服であり、実際クライン家が金に糸目をつけず注文した、特注品だ。

初めて見たユーリの感想は「ゴスロリっぽい」というものだったが。

ルウィは伸ばしっぱなしだった髪をカットされ、短めのツインテールにセットし直されていた。

袖の膨らんだリボンブラウスに、紺色のジャンパースカートをベースにして、あちこちにリボンやフリルが飾られていた。ツインテールを縛るリボンも大きくて可愛らしい。

リリーがゴスロリなら、ルウィは甘ロリである。

ちなみにこれも、クライン家特注の一品であった。

「えっと、二人が冒険者になりたいって言うから、連れてきたんだ……じゃ、後よろしくお願いしますー」

「え、ええっ……？　ちょ、ちょっと皆さん……？」

ぞろぞろ食堂に向かい、テーブルに座り込んで、はぁーっと盛大にため息を吐く四人。

一方リリーとルウィは、目をキラキラ輝かせ、受付嬢の前に陣取った。

「やあ、こんにちは！　ボクはリリー・クライン。あの四人に助けられた、クライン家の娘だよ」

「わしはルウィ。えーと、リリーのお目付役のようなモノなのじゃ」

「え……」

受付嬢とギルド長は、仲良く固まってしまった。

なるほど、トラブルメーカーズが依頼を解決し、病気の娘を助けた。ここまでは、まあよい。

だが、この間まで歩くことも出来なかったという娘が、元気にギルドにやって来て「冒険者になりたい！」というのは、とてもおかしい。

不治の病が治ったぞ、明日からサッカーだ！　なんて話はない。普通は体の機能を戻すため、リハビリやら何やらするものだ。

しかし目の前のリリーは、とても、そう、とっても元気そうである。

あやしい。

「みなさん？　後で説明して下さいね？」

受付嬢がそう声をかけると、四人の肩が分かりやすくビクリ！　と震えた。

§

「はぁ、サイアクだわ……私としたことが、一生の不覚ね。ヤリチ○とリリーを一緒にしたら、どんなことになってしまうか、分かっていたはずなのに……！」

「わしも深く反省しておる。はぁ、それにしても種馬は種馬なのじゃ……」

「それも悲しいが、余は、王都にあのババアが居着いてるのが憂鬱だ」

ギルドの食堂で、四人は昼から酒を飲み、珍しくどんよりしていた。

さて、大部分の原因を作ったユーリはというと、

「いや、だから！　吸血の副作用だったんだって！　それに、今回は、その、俺からしたわけじゃないし……」

身の潔白を主張していた。

確かに、ちょっと逆レイプっぽい感があったのは事実。しかし日頃の行いというのは、こういうときに跳ね返ってくるのである。

「へー。ふーん。吸血にそんな都合のいい副作用があるとは、知らなかったわ。ヴァンパイアの件はともかく、あの娘がヤリチ○の影響を受けたら、申し訳が立たないわよ」

「ぐぬぬ……！　でも、影響っていうなら、ちょっとルキウスの影響受けてない？　なんというか、その、センスが……」

「うむ、そこは驚いたのである。あの目を見張るセンスの良さに、派手な仕草。暗黒大陸にも数少ない逸材と言えよう」

「それって、褒め言葉になるんじゃろうか……？」

そう。

リリーは有り体に言って、厨二っぽい女の子だったのである。

何をするにも大袈裟でキザな仕草。天然でゴスロリ服を作らせてしまうセンス。

ルウィまで巻き込んでしまう辺り、色々と業が深い。

さて、そんな二人はというと。

「お姉さんは凄い美人だね。ねえ、名前を教えてくれないかい？」

「え？　あ、ええっと、ソニア、ですけど……」

「ソニア。ソニア……覚えたよ、綺麗な人。ボクの名前も、覚えてくれると嬉しいな」

「リリー。その辺にしておくのじゃ。まずは書類を埋めないとじゃぞ」

「ふふっ、ゴメンゴメン。真面目にやるよ」

ナンパをしていた。

すっかり元気になったリリーは、積極的に人に話しかけるようになったのだ……女性限定で。

しかも口説いてるような話しぶり。

端から見れば、ユーリの悪影響としか思えない。

「ちなみにオレはアルゴスだぜ、お嬢ちゃん」

「ああ、ギルド長、教えてくれてありがとう。ちゃんとメモしておくよ」

「……おい、扱いが違いすぎね？」

女性の名前は全力で暗記。男の名前は、メモしとけば十分。

実に分かりやすい態度だった。

さて、仕上がった書類を受け取り、説明を終えれば、冒険者登録はお終いなのだが。

流石に相手が相手だけあって、受付嬢もギルド長も、思案顔である。

何せ、この間まで病床にあった、豪商の一人娘に。

見た目12歳くらいにしか見えない、可愛い女の子である。

このまま冒険者頑張れよ、と言うわけには、絶対に行かない。

「あの、お二人とも……はっきり言っておきますけど、危ないことは止めた方がいいですよ」

「あはは、大丈夫大丈夫。本格的に冒険者になろうっていう話じゃないんだよ。ギルドの資格証があれば、移動とかで便利だから、そのためにね。時々、ちょっとした薬草取りをするくらいにするさ」

「うむ、別に金には困っておらんしの」

「はぁ……それなら安心しました」

「ああ。だが、ちょっとくらいは、訓練もした方がいいぞ。特にリリーの嬢ちゃんは、今まで体を動かしたこともないんだろ？　外に出るなら、護身術の一つや二つ、覚えておいて損はないぜ？」

ギルド長の提案に、リリーは飛び上がりそうなくらいに喜んだ。

「ああ！　それは確かにそうだね！　ありがとうギルド長。是非そうさせてもらうよ！　前から、武術には興味があったんだ！」

「ようし、心意気はいいぞ！　じゃあ、オレが基本を教えてやろう。おいソニア、裏の訓練場を使うぞ。どうせ今日は閑古鳥だ、おまえも手伝え」

「はーい……ふふっ、わたしも前にちょっとだけ、冒険者をやってたんです。女の子に向いた戦い方、教えますね」

「よろしくお願いするよ。おーいみんな、それじゃボク達、ちょっと行ってくるね！」

「ああ、頑張ってね……私達は、ここで飲んでるわ」

「リリー、がんばー」

「ふふっ、それではしばしの別れだね、愛しい人」

ちゅっ。

キザな台詞と共に、堂に入った投げキッス。

ユーリはポカンと口を開き、他の三人は彼を睨み付けた。

「あーあ、やっぱり貴方の影響受けてるじゃない！　それに何よ、さっきの受付嬢の子への、あの話し方！　きっとヤリチ○の血から、ナンパ菌が伝染ったんだわ。何てこと……！」

「ぐうう、余は敗北感に打ち震えておる……！　暗黒大陸でも希少な逸材などと、何という上から目線であったのだ……！　リリーは、とっくに余を追い越していたのに……！」

「ルキウスの病気はともかく、凄いノリじゃったのう、あの子。あれもわしらの影響なら、親御様に申し訳が……」

「お、俺だって、あそこまでじゃないやい！」

「じゃあ初心者向けの訓練をすっか。そこの木剣、好きなのを取ってきな」

「うん、分かったよ」

「よし。いいか、実は切るっていうのは、けっこう技術が要る。相手がモンスターとなれば、尚更だ。それに比べりゃ、ぶっ叩くのはシンプルだし、誰がやったって効果はある。だからまずは、ぶっ叩くことから覚えるんだ」

「へえ、なるほど！　うんうん、これは本になかった知識だよ。勉強になるなあ」

メモ帳を取り出し、書き込みをするリリー。

アルゴスとソニアは、密かに感動していた。トラブルメーカーズと違って、この新人はなんて素直なんだろう。決して無理はしないと言っているし、こうして真面目に訓練も受けている。

「それじゃ、そこのわら人形をぶっ叩いてみな。気を付けろよ、けっこう腕に響くぞ。まずは、その反動に慣れることからだ」

「了解っ！　じゃあ行くよっ」

「あ、ちょっと待つのじゃリリー、あんまり力を入れては……」

ルウィが止めるのも間に合わず、リリーがわら人形に木剣を振り下ろす。

その瞬間、ドカン！　と何かが間違った轟音が訓練場に響き渡った。

「ぐおおおっ!?　な、何だ!?」

「え、ええーっ!?」

舞い上がる砂埃。バラバラに解け、中空に散らばる、わら人形だったもの。

木剣を振り下ろした状態で固まったリリーは、あはは、と乾いた笑いを漏らして、一言。

「ご、ゴメン……木剣、壊しちゃったよ」

「あーあ、言わんこっちゃないのじゃ。リリーはきゅう……じゃなかった、健康になったばかりなんじゃから、力加減が上手く出来んじゃろ。これはやっぱり、訓練しないといかんのじゃ」

「そうだね。ゴメンよ、ギルド長。木剣とわら人形は、ちゃんと弁償するから。ギルド長の言う通り、今まで寝たきりだったから、まだ力加減が掴めてなくて……」

けっこう、いや、かなり苦しい言い訳であった。

病気が治ってバーサーカーになるとか、そんなバカな話、あるわけがない。

「ソニア、あいつら呼んでこい」

「分かりました」

二人は目がマジになっていた。

訓練場に連れてこられた四人組は、吹き飛んだわら人形と、へし折られた木剣を見て、すぐさま何が起きたか察し。

それはもう速やかに、地べたに正座をした。

問い詰める前から、白状したも同然である。

「で？　オレが言いたいことは、分かるな？　ありゃなんだ？」

「……責めてるわけじゃありませんよ？　ただ、何があったのか、教えてくれませんか？」

「「「すみませんでした……」」」

そして四人は説明する。

ソラリアの花は案の定、見つけられなかったこと。

困ったことに、リリーの病気はエリクサーでも治らないものだったこと。

しょうがないので、ヴァンパイア・ロードに変えちゃったことまで。

「は、はああ!?　な、なんだそりゃ!?」

「言っていることは理解できますが、分かりたくありません……ど、どうしよー……」

苦労人の二人は、さっそく頭を抱えていた。

いくら何でも、選ぶ方法が滅茶苦茶すぎる。

「まあ、クライン家の当主殿は大喜びだったし、よいことにするのじゃ！　ほれ、そなたらが黙ってれば大丈夫。バレないバレない」

「それより、ボクはこれから、どんな訓練をすればいいのかな？　ギルド長が言ってた反動は、大丈夫だったけど」

「反動とかそういう問題かっ！　もういいっ、リリーはメイスでも持っとけ！　その力でぶん回してりゃ、その辺の山賊くらい全滅するわ！」

「……うん。あの、わたしも、リリーさんは凝った戦い方とか、向いてないと思います」

ギルド長はさじを投げた。もうどうにでもなーれ。

受付嬢も、自分の経験が役立つ相手ではないと諦めてしまう。

「ええーーーっ!?　ボク、メイスなんか嫌だよ！　優雅じゃない！　女の子でも使える武器っていったら、レイピアとかじゃないの？」

「その力で使ったらすぐ折れちゃいますよ……」

「頑丈な剣を買って、棍棒代わりに振り回すのがいいのじゃ。切れても切れなくても、相手は死ぬじゃろ」

「なんか違うよ！」

こうしてリリーとルウィは晴れて冒険者になり。

コンビで活動を始め、ギルド期待の新人と話題になるのだが、ギルド長の頭痛の種も、また一つ増えるのだった。

第二章　離宮メイドのオッケーサイン大合戦

「んん……サイコーだったよ、勇者さまぁ……♡」

「はぁ、はぁ……俺も凄い気持ち良かった……」

離宮の寝室。

小悪魔メイドのジュリエットと濃密な時間を過ごし、ユーリはベッドに横たわっていた。

裸の少女を抱き寄せて、全身に柔らかさを感じながらの賢者タイム。至福のひとときである。

「ねねっ、勇者さま、ちょっとお話があるんだけど……」

「よーし、パパなんでも聞いちゃうぞー」

「にひっ、もう気が早いんだからー。パパになるのは、もうちょっと先♪」

「お、おう……」

まさに、ネタにマジレス。勇者はちょっと現実というやつに帰ってきた。

今日も元気に生中出し。避妊はしてない。毎日がロシアンルーレットである。

「でねー、勇者さま、今メイドの間で話題になってるんだけどぉ……」

「うんうん」

「勇者さまって、奥手だなあ、って」

「……うん？」

首を傾げる。

いかにヤリチ○勇者といえども、自分がどう見られてるかくらい、自覚はしているのだ。王女様に手を出して、メイドさんに手を出して、貴族のご令嬢に手を出して……枚挙に暇がない。

奥手。さてそれは、どこの国の言葉だったろうか。

「えっと……あの、それは、何かの間違いでは？」

思わず敬語になってしまう。

しかしジュリエットはニコニコ笑って、

「んーん。みんな、よく話し合ってるんだよー。色々アピールしてるのに、勇者さまがその気になってくれないなあ、って。恥ずかしいから、誰が、とは言えないんだけどね」

「あ、アピール？」

ユーリの背中に冷や汗が伝う。まさか、そんな。あれは……気付かれて、いない、はずなのに……！

「窓拭きのときにー、お尻をフリフリしたりとか、お掃除のときに、わざと屈んで見せたりとか。あとね、大胆な娘だと、勇者さまのお部屋を掃除するときだけ、ブラを外して入ったり！」

「あ、あははー……そ、そっか、そんなことがねー……」

空々しく笑うユーリであるが、大変身に覚えがある。

全部が全部、凄くハッキリとガン見して、脳内メモリに焼き付けた情景ばかりである。

特に、大変豊かなバストの持ち主である子が、たゆんたゆんとメイド服を揺らしていたときは、それはもう凝視するしかなかった。

それでも、勇者の反射神経とポーカーフェイスをもってすれば、バレない。そう信じていたのに……！

「勇者さま、じーっと見てくるから、興味ないわけじゃなさそうなのにね、って。次はどうしたらいいか、みんな悩んでるんだよー」

「俺は、セクハラ男です……ごめんなさい……！」

あっさり全面降伏するユーリであった。

最初のうちは驚いていたジュリエットも、関係を深めるにつれ、扱いに慣れてきている。

「にひひ、気にしなくていいよ？　みーんな、見られて嬉しがってるもん」

「そ、そうかな……？」

すりすり。

勇者の胸板におっぱいを押し付け、頬ずりをして、気を逸らせる作戦だ。今のところ成功率は100％であった。

「それより、ね？　アタシ、侍女仲間の中で、一人だけお手付きでしょ？　コツはなに？　とか、どんな服がいいの？　とか聞かれて、大変なんだぁ」

「ほ、ほう……おうふっ」

「あはっ、またカチカチになってきたね♡　ね、教えて勇者さまー。どうしたら……女の子に、手を出しちゃうの？」

半勃ちになったチ○ポをにぎにぎして、耳元で色っぽく囁くジュリエット。

勇者のモノはむくむくと硬く反り返り、我慢汁を垂らし始める。

その大きさと、零れ落ちる先走りを見て、小悪魔メイドは思わずごくり。

「スゴっ、勇者さまったら、もう元気いっぱいっ！　えへへ、じゃあカラダに聞いちゃおうかな……♪」

ドキドキ胸を高鳴らせ、勇者の上に乗っかって、お股を開いて準備完了。

寝そべったユーリの目に飛び込んでくるのは、ぷるぷる震える大きなおっぱい。きゅっと括れた腰つきに、小桃を思わせるぷりんとしたお尻。

オスを惑わす、魅惑の愛されボディがお披露目だった。

「にひっ、またおっきくなったぁ……♡　みてみてっ、アタシのおま○こも、もうクチュクチュだよ……？」

「うはっ」

嫋やかな白い指が、女の子の大事なところをくぱぁと開いて、オナニーするみたいにまさぐり始める。

綺麗なピンクの割れ目に指がすっぽり入って、内部から膣肉をほぐすいやらしい音。そしてお股を伝って落ちてくる、とろとろの潤滑液。

「ほら、ぬちょぬちょ……」

指を引き抜き、べっとりついた愛液を笑顔で見せつける。明け透けで、陰に篭もったところがまるでない、無邪気な笑み。

その表情だけ抜き取れば、年頃の女の子っぽい。それが全裸になって自分の上に乗っかって。これ見よがしに膣から分泌される体液を見せ、交尾出来るよとアピール。

ユーリの気分は、クリスマスプレゼントを待つ子供のようなものだった。

少女の腰が下ろされていき、ぷっくり膨れた亀頭と濡れ濡れの割れ目がぴったんこ。くちゅり、とゾクゾクする音をして触れ合って、そのまま角度を探るように腰が動き、さあズポズポ、というときである。

「あ、そうだ。勇者さまっ、どうやったら女の子に手を出しちゃうか、教えてよー」

「ええっ、じ、焦らすなよ、ジュリエット……！」

「教えてくれないと、アタシ、気になってエッチに集中出来ないよー」

「そ、そんなこと言われても……お、女の子がオッケーしてくれなきゃ、そういうのダメだと思うんだよ、俺」

「え、そうなの？」

思わず素になって聞き返すジュリエット。

ユーリはちょっと泣いた。

確かに据え膳はもれなく頂いてきたし、美味しい機会はことごとくモノにしてきた勇者とはいえ。同意っぽいものは、毎回得ているのだ。

「そうじゃなかったら、俺、セクハラ野郎じゃん！」

「うーん、そっか、そーだったんだー……」

指を唇に当て、なにやら思案するジュリエット。そうしながらも、触れ合った部分を擦り付け、ペニスを刺激するのを忘れない。

「よーしっ！　それじゃ、えーと何回戦だっけ……まあいいや、パコパコしよっ♡」

ぬぷぬぷっ、ずぽりっ。

一気に腰が下りてきて、ち○ぽとま○こがドッキング。とろとろに出来上がった、熱くて柔らかいヒダヒダが、陰茎に絡み付き、うねうね動いては締め付けてくる。

突然の快楽に、ユーリは思わず、はぁあっとため息を漏らした。

焦らされた分、満足感が凄い。

結局、ベッドの上の出来事は、円満に合体出来ればハッピーエンド。

「お詫びに、い〜〜っぱい動いてキモチよくしてあげるねっ♪　えいえいっ」

「うはっ、ジュリエット、それ凄いっ！」

男のモノをくわえ込んだまま、くねくね腰を動かして、搾精運動に励むジュリエット。それだけではない。

勇者と両手を恋人繋ぎ、ちゃっかりムードを作りながら、ズポズポ上下にも動き出して、ペニスを容赦なくヌキヌキする。

「あん、勇者さまのスゴすぎっ、奥にコツコツぶつかっちゃうよぉ♡」

「俺もジュリエットのおま◯こ、擦れて気持ちいいっ」

16歳の美少女が、白い肌に汗を流して、あんあん献身的に腰を振り。

瑞々しい乳房がダイナミックに揺れ、ヒップがパンパンはしたなく音を鳴らす。

ユーリはもう、夢中になって腰を打ち上げた。汗ばんだ手を繋ぎ、熱くて気持ちのいい穴を、蹂躙するようにピストンする。

前後不覚になるほど気持ちのいい往復運動を続けていると、長いような短いような、行為の頂点がやって来て。

「んんっ、ああーーっ！」

感極まったジュリエットが、馬乗りになったまま背中を反らせ、長く甘ったるい嬌声を上げる。

そのまま崩れ落ちてくるジュリエットを抱き止め、ユーリは優しく背中を撫でた。

「あ、あはは……イッちゃった？」

「うぅん……ゴメンナサイ、アタシすっごく気持ち良くて……」

まさか自分が、こんな台詞を言う日が来るとは。

静かに、しかし深い感動に浸っていた勇者に、ちゅっと少女が口付ける。

「んんっ!?」

「勇者さまも、気持ち良く、ならなきゃっ！　んっ、ふぅ、むちゅうっ」

達した直後だというのに、舌まで入れるディープキス。

汗みずくの肢体を密着させての、うねるような腰つきで、健気なほどに尽くすセックスだった。元々達しかけていたユーリは、それであっさり限界に達する。

「あ、ううっ、出るっ！」

「あはぁっ……どぴゅどぴゅ、来たぁ♡」

ぷりんと張りのあるヒップを掴みながら、どくどく膣内に精子を放出する。あったかいおま○こに包まれながらの射精は、とても気持ちがいい。ちょっと焦らされても、いいスパイスだ。

「はぁーっ……気持ち良かったぁ……♪　ホント、焦らしてゴメンね。でも、アタシだけいい思いしてたら、みんなに悪いんだもん……」

「いや、俺が一方的にいい思いしてるだけな気もするけど……」

まっとうな事実に思い至ったユーリであるが、美少女の中に突っ込んだままでは、難しいことが考えられない。

そこにジュリエットが、ピンク色でいっぱいなことを言ってくる。

「じゃ、みんなにオッケーサインを考えてもらうね♪」

「へ？」

どこでどうなって、そうなったの？

ベッド上で、ユーリは30秒ほどフリーズした。

§

数日後のこと。

いつものように昼過ぎに起き出したユーリは、ニコニコ笑顔のジュリエットに、メモ帳を手渡された。

「はい、勇者さまっ！　コレ、よく読んでねっ♪」

「え？　ちょっと、何これ？」

「にひひっ、開いてみての、お・た・の・し・み♡　じゃねっ！」

現れるのも唐突なら、去っていくのも唐突である。

一体何なんだろう、と思いつつメモ帳に目をやると、果たしてそこにあったのは。

『みんなのオッケーサイン集♡』

丸っこい文字でデカデカ書かれた、とんでもないタイトル。

ユーリは危うく、その場でずっこけそうになった。

「じゅ、ジュリエットぉ……」

確かに、女の子がオッケーしてくれなきゃ、とは言った。

しかし、だからオッケーサインを決めるというのは、ちょっと、色々と、違うのではないか。

頭を抱えてしまうも、色々と後の祭り。

でも興味はあるので、ついページを開いちゃうのが男の子である。

『唇に指をちょこんと当てる』『すれ違いざまにウインク』『後ろを向いて、お尻をフリフリ』

『胸元のリボンを引き抜く』『カチューシャを外して笑う』

様々なオッケーサインが、メイドさんの名前付きで書き出されている。どれも筆跡が違うので、みんなが回し書きをしたのだろう。

読んでいるだけで、情景がありありと想像出来てしまう。恥ずかしげに頬を染め、唇へ指を当てるメイドさん。

声をかければ、しずしずと首を縦に振り、頷いてくれる。後は部屋に連れ込んで、そのままギシギシ……

(いやいやいや!)

慌てて首を振る勇者であった。ただでさえ、両手で足りないくらいの女の子に手を出しているのに、その上更に、とか。

それに、これはあくまでオッケーサイン。

『この仕草をしたら、手を出してオッケー』という意味で、逆に考えれば『そうじゃなかったら止めてね』という意味にも取れる。

ある意味では、メイドさん達による、セクハラ予防線なのかも知れない。きっとそうだ。そういうことにしておこう。

そう考え、どうにか心の安定を保ったユーリが、離宮の廊下を歩いていると——当然、メイドさんに出くわすことになる。

前から歩いてきたのは、薄い金色の髪をなびかせた女の子。ジュリエットの友達で、おっとりした雰囲気の女の子、ニコレットだ。

ふにゃっと柔らかく笑う子で、ユーリは内心、ちょっといいな、と思っていた。そんな子が、

「えへへっ」

すれ違いざま、唇に指を当ててニッコリ。

まさにさっき想像した通りの光景で、ユーリは思わず頬をつねってしまう。

痛いので、夢ではなさそうである。

「に、ニコレット？」

「はいっ、勇者様っ」

向日葵が咲くような微笑み。

全身からほんわか癒やしオーラを発している彼女は、離宮メイドの例にもれず、美少女である。

綺麗に整った顔立ちに、腰まで伸びるサラサラした金髪。モデルみたいにスタイルのいい体を、半袖にミニスカートのエプロンドレスで包んでいる。

すらりとした手足を見せつつ、襟元はきっちり締めてある辺り、清楚さも失っていない。

「え、えっと、今の……さ」

ユーリは喉がカラカラになっていた。

今の仕草は、『オッケーサイン集』に載ってたのと同じやつだ。

もう少女のことを、邪な目で見ることしか出来ない。つやつやした唇。長い睫毛。

それが、ふふっと優しく微笑んで。

「はいっ、わたしオッケーですよ♡」

こんなの我慢出来るわけがない。

「ん、ふぅっ……勇者様っ、んんっ」

嫋やかな手を握り、近くの空き部屋に入り込むと、後ろ手に鍵をガチャリ。

二人きりで見つめ合っていると、どちらからともなく顔を近付け、キスを交わす。

「はぁ、はぁっ、ニコレット……！」

「名前、覚えててくれたんですね、うれしいっ」

記憶力に自信はないが、可愛い女の子の顔と名前は、意地でも一致させるユーリである。もちろん、離宮のメイドは、みんな暗記済みであった。

ちゅ、ちゅっと啄むようなキスを繰り返しながら、ユーリは彼女の腰に手を回して、さわさわ触ってみる。

「きゃんっ」

「あ、え、えっと、嫌だった？」

「ふふっ、驚いちゃっただけです。嫌じゃないですよ。ただ、聞いてた通りだなあ、って」

とても嫌な予感がする。

が、それでも聞かねばならない。

「え、えっと、誰に何を聞いてたのかな……？」

「ジュリエットちゃんから、勇者様は一度スイッチ入ると、グイグイ来るよって」

「……おおう……」

ベッドでの様子をバラされていた。

勇者は割とショックであったが、それでも尻を触る手は止めなかった。

「わたしにも、グイグイ、来てくれますか……？」

潤んだ瞳で、そんな風に見つめられたら、乗っかるしかない。

ユーリは貪るようなキスをお見舞いした。舌を絡めるエッチなキス。たどたどしくて、きっと初めてだろうに、必死に舌を動かす少女が、とても可愛い。

「強引だったら教えてね」

「あっ……♡」

エプロンを外して、前のボタンをプチプチ外していく。イメージ通りの、純白の清楚なブラが顔を出した。

Dカップはありそうな、よく実った綺麗なおっぱい。そして目にも眩い、白いうなじ。

思わず首筋に顔を埋めて、ペロペロ舐めてしまう。

「あんっ、くすぐったいよぉ……」

「おいしいよ、ニコレットのうなじ」

「きゃっ、わたし食べられちゃうっ♡」

勇者に首を舐められながら、ピクピク肌を震わせ、うっとり甘い息を吐くメイドさん。

「わたし、ずっと襟を閉じてるんです。だから、痕、つけちゃっていいですよ？」

「むはっ、むちゅ、ちゅっ！」

後先考えずに、首筋に強く吸い付き、キスマークを残していく。まるで少女の柔肌にマーキングしてるみたいで、とても興奮した。

ちなみに、日中は襟を閉じてても、お着替えやらお風呂やらあって、人目に付くシーンは結構あるのだが、悲しいかな、勇者はそこに思い至らなかった。

たっぷりマーキングをして満足したら、次はおっぱい。

そう決めてブラを外そうとすると、ニコレットが少しだけポーズをかけた。

ごそごそとポケットを漁り、取り出したのは、小さな瓶。

「あの……お情けを貰う前に、これ、飲んでおきたくって……」

「え、それって」

「えへへ、ナルクですっ。離宮のメイドは、みんなこうして、携帯してるんですよ？　いつ、こうして、初体験が出来るか分かりませんから……♡」

衝撃の事実である。

オッケーサインのことといい、ユーリはもう二度と、清らかな目で彼女達を見ることが出来ないだろう。

みんなが、メイド服のポケットに媚薬酒を忍ばせているとか、想像するだけでおかしくなりそうだ。

「ん、こくっ……お待たせしました、それじゃあ……どうぞ♪」

ぷるんっ。

自分からブラを外した少女の、零れ落ちる瑞々しいおっぱい。

輝くような白い肌。ピンク色の小さな乳首。見るからに張りのある、弾力に満ちた肉感。

むにゅり。

「あんっ、勇者様ぁっ」

むにゅり。むにむに。ぷにぷに。

大きく開いた手で、魅惑の膨らみを包み込み、無心になって揉みしだく。

それだけでは足りずに、鎖骨の辺りを舐めながら、つつっと乳首まで口を持っていく。

ちゅぱちゅぱ胸を吸う音が、静かな部屋に響き渡った。

「凄い綺麗なおっぱいしてるね……おおっ、乳首立ってきた」

「勇者様、手つきがいやらしいよぉ……ふぅ、ん……」

触れれば触るほど、揉めば揉むほど、白い肌に朱が射して。

触れ合う肌から伝う体温は、少しずつ高くなる。

「ぷはっ……ね、次は、下も見せてよ」

「わ、分かりました……恥ずかしいけど、勇者様になら……」

自分からスカートをたくし上げるメイドさん。

ユーリはかがみ込んで、その白いショーツを抜き取った。

「……わぁ」

「んっ……！」

それは、とても綺麗な女性器だった。

金色の和毛が、丁寧に剃り整えられていて、中心にはすっと一筋、ピンク色の割れ目がある。

「凄く綺麗に、手入れしてるんだ……」

「だ、だって、勇者様に見られるかも、って思ったら……」

「嬉しいなあ」

「ひゃうっ！」

ちゅっ。

おま○こにキスをして、そのまま舌で舐め上げる。肉襞をかき分け、ねじ込むように舌を入れれば、口いっぱいに広がる女の子の味。

たっぷり唾をまぶして、れろれろと舐めてやれば、少女の体がピクピク震えた。

同時に、割れ目の奥から、とろりと愛の液が垂れ落ちてくる。

「痛くないように、よーっく、ほぐしておくね」

「あんっ、そんなところ、舐めちゃダメですっ……！　あ、んあっ！」

ニコレットは足をカクカク震わせて、未体験だったクンニの感覚に全身を震わせた。話には聞いていたが、救世の勇者様が、まさか自分の恥ずかしいところを、直接舐めるなんて！

異世界ではあまり、一般的でないクンニである。

「こんなところかな……そ、それじゃ、ニコレット……して、いい？」

「あ……はいっ！　勇者様、どうぞお好きにして下さい……♡」

勇者は半裸のメイドを抱きかかえ、そのままベッドに横たえた。間髪を入れず、自分が上になると、バキバキに硬くなったモノを構え、ほぐした割れ目に押し当てる。

初めての結合を前にして、ニコレットはやはり、ふんわりと笑うのだった。

「えへへ、いいですよ。わたしのこと、メチャクチャにして」

「ああ、綺麗だよ、ニコレット……！」

にゅぷり。

生々しい音を立て、男根が女性器にはまり込む。愛撫され、媚薬に温められて、肉の閉じ目は柔らかく開いていった。

そしてぷつりと、貫くペニスが、少女の初めてを奪っていく。

「あっ……勇者様、わたし……勇者様のモノに、なっちゃいました……♡」

やっぱりナルクは効果抜群で、痛みは殆どない様子。

これ幸いと、奥深くまでぬっぷりペニスを突き埋めれば、ぴったりと甘美な一体感だ。具合も相性も、とても良かった。

「ニコレットの中、熱くて柔らかくって、凄く気持ちいい……」

「あはっ、勇者様のお大事も、聞いてたよりずっと硬くて、あっついですっ……！」

ユーリは少しずつゆっくりと、内部を混ぜるように腰を動かし始める。男を知ったばかりのヴァギナに、男性器の形を覚え込ませるように。

カリが膣襞を引っ掻くたび、あん、あんっと切ない声が漏れる。

ニコレットは、健気な手を背中に回し、きゅ、きゅっと抱きしめて、甘くて親密なムードを作ってくれた。

砂糖菓子みたいに、甘くて素敵な女の子だ。

「んっ、ふぅっ……あはっ、勇者様のお大事、だんだん慣れてきました……あの、わたし、もう大丈夫ですよ？　ジュリエットちゃんが言ってた、勇者様の激しいところ、見てみたいです……♡」

「そ、そんなこと言われたら、俺もうっ……！」

「あんっ！　ひゃっ、凄い！　勇者様、勇者さまぁっ！」

可憐な女の子のお求めとあらば、励まざるを得ない。ユーリは体力任せに腰を振り、少女のおま○こをズコバコと責め始めた。

激しい挿入運動。すっかり身を委ねた女子の、開封したてのおま○こに、チ○ポを何度も何度も打ち込んでいく。

濡れた音を立て、熱く出入りをするたびに、てらてら光る肉竿が見え隠れ。めくり返りそうな割れ目を、体液をまき散らしながらほじくり返す。

「あうっ、はううっ！　凄い、飛んじゃうっ、わたし、飛んじゃうよぉっ！　抱きしめて、勇者様っ！」

「もちろんっ！　ん、ちゅ、ちゅぅっ」

体重を乗せ、覆い被さるようにメイドに抱き付いて。熱いキスをお見舞いしながら、腰だけをヘコヘコ動かし種付けプレス。

ゆるふわ女子の、包み込まれるような抱き心地。全身から香り立つ、女の子のいい匂い。

こんなのもう、中出しするしかない。

「ああっ、イク、イクよっ！」

「ひゃんっ！　あん、わたしの奥、ピクピクって！　あ、ああっ！」

どくどくどくっ。

熱くてドロドロした精液を、無責任に膣内射精。根元まで埋まったペニスで、おま○こにしっかり蓋をして。

最後の一滴まで、余すところなくしっかり注入する。

「わ、とっても熱いです……えへへ、勇者様の赤ちゃんの素、頂いちゃいました……♡」

ちゅ、ちゅっと頬にキスをしながら、耳元で囁くニコレット。

勇者はもう、収まりが付かなくなっていた。

「ニコレット、服、脱ごっか」

「え？　あ、はい……あの、勇者様、ひょっとして……もっと、してくれるんですか？」

うっとりと、期待に満ちた上目遣い。勇者が力強く頷けば、ニコレットは嬉しそうに微笑んで、ポンポン服を脱ぎ始めた。ベッドサイドに散らばる衣服。

あっという間に、生まれたままの姿に戻った二人は、ぶつかり合うように抱き合って、ベッドをギシギシ2回戦。

こうして、オッケーサインの有効性は、正しく証明されたのだった。

§

「でね、勇者様、わたしをギュッて抱きしめてくれて。そのまま……きゃっ♪」

「「「ごくっ……！」」」

女の子というのは、どんなに清楚に見えても、割と生々しい話で盛り上がったりするものだ。

一日の仕事終わり、パジャマパーティーをしていたメイドさん達は、ニコレットの初体験トークに耳を傾けていた。

「ジュリエットちゃんに聞いた通り、すっごく優しかったなあ。わたしが痛くないか、とっても気にしてたし。それに、一度終わってから、頭をなでなでしてくれて……可愛いね、って。えへへ……」

「ちょ、ちょっと待ちなさいよニコレット。一度終わってから、って、その……」

「うん。4回もしちゃった♡　勇者様ったら、とっても激しいんだもん……わたし、息が出来なくなるかと思っちゃったよぉ」

やんっ、とクネクネ恥ずかしがるニコレット。顔を真っ赤にして聞き入るメイドさん達。

原因を作ったジュリエットは、ニコニコ笑って喜んでいた。

「にひひっ、やったねニコレット！　この勢いで、みんなも勇者様にアタックかけちゃおうよ！」

「うー、むー、でも相手は勇者様でしょ？　あんまりガンガン行くのも、その、失礼っていうか……」

「大丈夫大丈夫。むしろ、アタシ達がオッケーしてあげないと、勇者様も不安だと思うんだよね……勇者様って、あれで奥手なんだもん。そだっ、アタシにいい作戦があるんだよねっ」

ゴニョゴニョと『作戦』を説明するジュリエット。その場の全員の顔が真っ赤になるが、反対する者はいなかった。

これなら絶対イケる！

お手付きの実績があるジュリエット、初体験済みのニコレットが、揃って太鼓判を押し、皆の瞳に火が点く。

「……よしっ、じゃあ頑張ってみるわっ！」

「私もっ！」

「わたしも、勇気出してみるよっ！」

メイドさんによる秘密の会合が終わった、翌日のこと。

離宮を歩き回っていたユーリは、いつもと違う空気に気が付いた。

何せ、すれ違うメイドさんが、みんな流し目を送ってくるのだ。

そして皆、大変不審な挙動をなされる。

窓を拭いてるメイドさんは、ユーリを見た瞬間、お尻をフリフリしたり。

しっかり者のメイドさんが、すれ違いざまにウインクを送ってきたり。

ちょっとツンツンしたメイドさんが、いきなりカチューシャを外して微笑んだり。

オッケーサインの乱舞であった。

折しも、ニコレットに手を出したばかり。そして、皆がポケットにナルクの小瓶を忍ばせて、初体験待ちをしていると知ったばかりだ。

単純なユーリは、もうピンク色の妄想で一杯になってしまう。

彼女達に声をかけて、部屋に誘ったら、オッケーしてくれるかな、とか。どの娘も可愛いし、きっとエッチしたら気持ちいいだろうな、とか。

「ど、どうしよう……」

肝心なところでヘタレたユーリは、オッケーサインの嵐をやり過ごし。外に出て頭を冷やそうとして……出くわしたのは、事件の犯人。ギャルメイドのジュリエットだ。

「あ、勇者さまっ！　にひひっ、ノート、役に立った？　みんな、やる気満々だったよ！」

「お、おう……そ、それで相談なんだけどさ……今日すれ違ったメイドさん、みんなオッケーサイン出してるんだよ。なあ、これってどうなってるの？」

「モテモテだね、勇者さまっ」

「え、ええー」

客観的に見れば、救世の勇者。国王も遠慮する侯爵なのに、気さくで優しい。

超一級の玉の輿で、優良物件なのだが、ユーリにその自覚はなかった。未だ彼の自己認識は、冒険者のバイトやってる半ニートである。

「え、そこ驚くとこ？　だって勇者さまだよ？　女の子は、抱いてもらえたら嬉しいなーって思うじゃん」

「そっかなあ……？」

「やっぱり、女の子をベッドに誘うのって、ちょっと気後れしちゃう？」

「当たり前じゃん！」

やっぱりかー、と額を手で押さえるジュリエット。

こんだけ色んな子に手を出してる割に、不思議なところで奥手な勇者様だなーと思う。だが、今日の彼女には必勝の作戦があるのだ。

「それじゃさ、ちょっとみんなでお話ししない？　ほら、勇者さまが話してた、合コン、だっけ？　アタシがセッティングするから！　それならいいでしょ？」

「ご、合コン、だと……!?」

それはユーリにとって、異世界ファンタジー以上にファンタジーな言葉である。

決して関わりがないであろうリア充イベント。それを眼前に突き付けられ、勇者は為す術がなかった。

「だいじょーぶだいじょーぶ、みんなでちょっとお茶するだけっ♪　ね、いいでしょ？　もうセッティングしてあるからぁ」

「お、お茶するだけかあ。それなら……」

「ちょうど、みんなでお菓子作りしてたの。ね、その試食もお願いっ♡」

「うん、じゃあ、そういうことなら……」

頷くユーリ。微笑むジュリエット。

言質は取った！　とばかり、ユーリの腕を掴むと、ぐいぐい来た道を戻っていく。

「おーい、みんなー！　勇者さま、オッケーだって！　お茶会しよっ♪」

きゃーっと沸き上がる黄色い歓声。こうしてメイドさんに囲まれ、合コンに連れていかれた。

合コン（仮）の会場は、使用人の休憩スペースである。

そこは使用人が食事を取ったり、（離宮では滅多にないが）夜勤のときに仮眠をする場所だ。

ユーリはテーブルに一人腰かけて、皆が来るのを待っていた。

後ろにはジュリエットが控えていて、なんだか、審査会場みたいな雰囲気になっている。

「なあ、皆どうしたの？」

「お菓子を取りに行ったの♪　ほら、来た来たっ」

「お、どれどれ……って、おい！」

やって来たお菓子を目にして、机に頭を叩き付けそうになった。

「ゆ、勇者さま、どうぞ……し、試食して下さいっ！」

「ちょ、ちょっとー!?」

前から気になっていた、大変豊かなバストをお持ちのメイドさん、ミリアナ。

ちょっと地味だが整った顔に、栗色の髪がキュートな娘だが、可愛い顔して、とても立派なお胸様をお持ちだ。

それが前をすっかり開け、ぷるんぷるんのおっぱいをむき出しに。

銀のトレーの上に乗っけて、生クリームを塗ってやって来たではないか。

「ちょっと恥ずかしいけど……あたしのことも、食べてみてっ！」

次に出てきたのは、勝ち気でツリ目で、髪をツインテールに結んだメイドさん、ヴィオラ。

アイドルみたいに目立つ容姿をした彼女は、半裸みたいな改造メイド服に、ハチミツを垂らしてきた。

「うふっ、ちょっと恥ずかしいけど……どうでしょうか……」

巻き毛の金髪が妖艶な、ちょっと大人なメイドさんであるテレザは、たわわな乳房にフルーツを挟んでのご登場。

そんな調子でメイドさん達が、瑞々しい肢体を『お菓子』にしてやって来るのだ。試食会。何を試食するかお察しである。

「ね、勇者さまっ♡　ちょっとだけお試しで、つまみ食いしちゃおうよ♪」

「お、お試しかあ……」

じゅるり。

唾を呑み込み、目の前に並んだ美味しそうな『お菓子』を見て、ユーリの理性は切れてしまった。

「じゃ、じゃあ……あーんっ」

「あんっ♪」

トレーに載せられた、クリームまみれのおっぱいを、ぱくり。甘い甘いクリームの下には、もっと甘くて素敵なモノ。ピンク色の綺麗な乳首だ。

ちゅうちゅう吸うと、女の子の気持ち良さそうな喘ぎ声。

「おっとっと、こっちは垂れちゃいそうだなあ」

「んっ……あ、そこ、くすぐったい……！」

白いお肌にハミチツを垂らした、ツインテ美少女をペロペロ。ねっとり甘いハチミツと、匂い立つ女の子の香り。

「わっ、これは食器まで食べれちゃうぞ」

「うふふっ、どうぞ、残さずお食べになって♪」

色っぽい美人さんの、胸の谷間に挟まったフルーツをパクリ。そのまま、谷間に顔を埋めて、フルーツを探り顔をぱふぱふ。

豊かなバストに顔を挟めて、最後の一欠片まで美味しく頂いた。

こうなると、もはや合コンではなく乱交である。

そのまま流れで、全員がベッドイン。ユーリは服を脱ぎ捨てると、半裸のメイドさん達を前に、フル勃起のペニスをぶら下げて、問う。

「み、みんな、本当にいいんだよね？」

「「はいっ、勇者さまっ♡」」

オッケーをもらった勇者は、まずおっぱいちゃんの上に飛び込んだ。

「勇者さま、凄いっ！　こんなの、ダメぇっ！」

「はうっ、ああっ、こんなのって……♡」

「凄い大きい……んっ……♪」

広いベッドの上に、点々とついた赤い染み。

むせ返るような、女の子の匂い。四つん這いになった少女達の、ぷりぷりのお尻が、左右に揺れる。

結局、みんなつまみ食いしてしまったユーリは、2周目に取りかかっていた。

メイドさんのお尻を並べさせての、味比べ。

それぞれに違うおま○この具合を、ズポズポ抜き差ししては確かめる、爛れたプレイだ。

「うあっ、みんな、すっごい気持ちいい……！　みんな違ってて、みんないいよ……！」

割と最低なことを言いつつ、お尻をパンパン。何擦りかしたら次の子へ、また次の子へ、と行ったり来たりしているので、誰に出すかは流れ次第だ。

「ううっ、もうイクっ……！」

「あはっ、やったぁ♪」

『あたり』を引いたテレザが、妖艶に微笑んで、嬉しそうに射精を受け入れる。

それを見た他の子が、指をくわえて羨ましそうにしていた。

「次はこっちに下さい、勇者さまぁ」

「あ、あたしも、お情け欲しいわっ」

くわえるばかりでなく、大事なあそこに指を添えて、くぱぁ。

一斉に開かれる美少女の入り口を前に、ユーリのチンポは見る見る回復する。

こうして合コン改め乱交パーティーは、深夜まで続いた。

§

「ふぅ……」

離宮の庭園。広く、緑豊かで、静かな場所である。

鳥がチュンチュン囀って、綺麗な花が咲き誇り、雨上がりの木立が水滴を落とす。

そんな庭園で、ユーリは一人物思いに耽っていた。思い出すのは、あの合コン。

メイドさん達との、大乱交パーティーである。

結局、離宮で働くメイドさんを、一人残らず手込めにしてしまった。

流石にこれは、ヤリチ○と言われても仕方がない。

反省したユーリは、珍しく早起きをした。朝の澄んだ空気を吸い込み、森の木々が放つマイナスイオンをたっぷり浴びて、ついでに煩悩も清めようとしていたユーリであるが。

目を閉じて思い浮かぶのは、メイドさん達の生々しい痴態ばかり。一人一人、順繰りに頂いた処女のこと。

ヴァージンブレイクの瞬間、皆が浮かべた表情は、心の永久保存フォルダに焼き付けている。

初物なのに気持ちのいい女性器。生々しい粘膜の感触が、未だペニスに残っているようで……

「って、いかんいかん！」

首をブンブン振って、煩悩よ去れ！　と叫ぶ。しかし、彼が、彼こそが煩悩である。

無駄に煩悶していると、木立の奥から、人の声が聞こえてきた。

ふ、ふっ！　と、何か訓練をしているような荒い声だ。

「あれ、誰だろう」

林の奥、声のする方に足を向けると、そこは開けたスペースになっていて。

「……やぁっ！」

赤い髪をポニーテールに結んだお嬢様、イレーネが、レイピアを片手に突きの訓練をしているところだった。

「あれ、イレーネ？　どうしたの、こんなところで」

「え？　ゆ、勇者様っ!?」

顔を真っ赤にして振り返るイレーネ。動きやすそうな半袖のブラウスに、短めのスカートという格好で、いつもより凜々しさが増している。

「は、恥ずかしいところを見られました……」

「そう？　綺麗な形の突きだったけどなあ」

「……全然、そんなことないんです。お姉ちゃんは、私なんかより、ずっと……」

「あれ、お姉さんがいるの？」

「はい。姉は騎士をしているんです」

女騎士。

この世界にもいるんだ、とちょっと驚く。一度は見てみたい女騎士。防御力ゼロのビキニアーマー大歓迎。

そんな雑念を抱くユーリであるが、すぐに心を入れ替えた。そう、まだ見ぬ女騎士より、まず目の前のイレーネだ。

激しい運動の結果、ブラウスには汗が張り付き、まだまだ成長中の素敵なボディラインを、くっきり写し出している。

スポーツをしているだけあって、しなやかでスタイルがいい。だが、ちゃんとお胸もお尻も張り出してて、とても魅力的な体型をしていた。

「……勇者様、えっと、これは……」

「ご、ゴメン！」

バレた。

慌てて視線を逸らすユーリに、イレーネが思い詰めたような声を出す。

「こんな、汗臭い女なんて、嫌いですよね……勇者様……」

「そ、そんなことないって！　スポーツする女の子、とっても魅力的だと思うなっ！　健康的だしっ！」

鼻息も荒く熱弁するユーリである。汗に張り付くブラウス、浮き出るおっぱい、プライスレス。

下心に満ちた必死の弁明に、イレーネが少しだけ表情を柔らかくした、そのときだった。

「あ……雨」

「おっと、ポツポツ来て……って、うわっ！」

ポツポツと始まった雨が、あっという間に強さを増して、ザアザアと降り始める。二人は慌てて、雨宿りの出来る場所を探し始めた。

「うっひゃー、ずぶ濡れだなあ」

「でも、小屋があって助かりました」

全身ずぶ濡れになりながら、近くの納屋に飛び込んだ二人。

外は雷鳴が響き始め、雨足は強く、しばらく止みそうにない。

「はぁ、やれやれ……って……」

「え……きゃっ！」

繰り返すが、全身ずぶ濡れになっている。

薄手のブラウスがどうなるかといえば、それはまあ、透ける。

その下の、ちょっと冒険した赤いブラまで、はっきり見えるくらいには。

「ご、ごめん」

「い、いいえ、私こそ、驚いちゃって……」

納屋には暖炉が用意されている。ユーリは魔法で着火すると、イレーネと一緒に暖を取り始めた。

パチパチと薪のはぜる音。

揺らめく炎を見つめながら、イレーネが、ぽつりぽつりと語り始める。

「私、子供の頃は、騎士になりたかったんです」

「え、そうなの？」

「はい。やっぱり、お姉ちゃんに憧れてたから。でも……私には、才能がなくって。それでも、未練がましく、フェンシングも乗馬も、止められなくって。貴族の令嬢らしいことは何一つ出来ないガサツな女で、騎士にもなれない、中途半端な娘になっちゃいました」

「そんなわけ、ないと思うけどな」

「え？」

ユーリはぎゅっと彼女の手を握りしめ、真っ直ぐ瞳を見つめながら、断言した。

「いいじゃん、フェンシングも乗馬も出来るお嬢様で。あのさ、俺の友達なんか、みんなもっと滅茶苦茶なんだよ。エレミア見てみろって、あいつ女王のくせして、肉弾戦が一番得意なんだぜ！　魔王のやつも竜王のやつも、礼儀作法は壊滅的だし。よく食堂でエール飲むけど、この間なんか、給仕のお姉さんに注意されてたもん。みんな、好きなことをすればいいんだよ。世の中、どこで何が役に立つか、分かんないよ？」

ちなみに、その場でカード賭博に及んでいたのが良くなかった。なお、救世の勇者にして、やんごとなき侯爵（笑）である本人も、同じように叱られているのだが。人間、自分のことは盛大に棚上げ出来るものなのだ。

「そ、それは……ええと……」

あんまり知りたくなかった、救世の英雄一行の実態である。

イレーネは頬をひくつかせ、どう返事をしていいか分からない。というか、食堂でエール飲んでるのか、救世の一行。

「ちなみに、俺は馬とか、全然乗れないんだよね」

「そうなんですか？」

「うん。正直、困ってる。ねえ、今度、乗り方教えてくれない？」

「もちろんですっ！」

自分でも、勇者様の役に立てる！　ユーリにお願いされて、イレーネは目をキラキラ輝かせた。

ここで安請け合いをしたことで、とんでもない面子に講習するハメになるのだが、それにはまだ気付いていない。

実は乗馬問題、トラブルメーカーズ共通の悩み事でもあったのだ。

転移魔法は、一度行った場所でないと発動しない。

だからといって、巨大な竜王に乗ってレッツゴーというのが不味いことくらい、流石に分かる。しかもアガメムノンは、けっこう方向音痴と来ている。

冒険者やるなら、遅かれ早かれ必要な乗馬スキル。

ちなみにエレミアは『アンデッド馬を用意すればオッケー』などと思っていた。冒険者ギルドの平和は、けっこう危うい平衡の上に成り立っているのである。

§

外は相変わらず、轟々と雨の音が響いている。まるでここだけ世界から切り離されたような、隔絶した納屋の中に、パチパチはじける薪の音。

そんな中、ユーリは少女の柔らかい手を握りしめ、熱を込めて、彼女の魅力を熱弁していた。

どんなムードになるかは、お察しである。

「まあ、つまり、俺はスポーツやってる女の子って好きなんだよ」

「ゆ、勇者様……」

「え？　あ、イレーネ……」

真っ直ぐなスポーツ少女は、頬を真っ赤に染めてしまう。そして瞳を閉じ、キス待ちに移行するではないか。

朝の森の反省とか、どっかに飛んでいったユーリは、ムードに流されるまま、ちゅっと口付けた。柔らかで、瑞々しくて、少し冷たい唇。

「んっ……」

「大丈夫？　からだ、冷えてない？」

「そうかも……あの、勇者様。私のこと、あっためてくれますか……？」

そんなことを言って、濡れた服を脱ぎ始めるイレーネ。

ユーリはお願いに応えるべく、自分の服を脱ぎ捨てた。既に体は熱くなって、色々なところが準備万端である。

「こっち来て、イレーネ。暖め合おうよ」

「はいっ」

腕に飛び込んでくる、赤い下着姿の女の子。

しなやかな肢体をきゅっと抱きしめ、肌と肌をぴったりと重ね合い、互いの体温を伝え合う。

ぷるんとして弾力のあるおっぱいが、胸板に潰されて、トクトクと早鐘を打つ心音が伝わってきた。

「はむ、ちゅ、んちゅっ……」

「はふっ、ふぅっ、んんっ」

自然とキスを繰り返してしまう。舌を出して、ペロペロ絡み合わせる、情熱的でいやらしいキスを。

お互い、体温がどんどん上昇していくのが、直に分かってしまう。

それでも二人は止まらない。ぴちゃぴちゃ、はしたない音を立てても、どうせ外は豪雨なのだ。

誰にも気付かれることのない、秘密の情事。

若い二人には、最高のスパイスだった。

「あっ、ダメ、洗ってないから……汚い、ですっ」

「ん、ちょっと汗の味かな？　でも、イレーネの味だ。美味しいよ」

「ふぅ、あんっ、舐めちゃダメっ……！」

抱きしめた少女のうなじを舐める。それだけでは収まらず、ちゅっちゅっとキスマークを残して、ちゃっかりマーキング。

ユーリはムードのまま、彼女を床に押し倒した。

「勇者様……こんな、汗くさい女でも、愛してくれるんですか？」

「もちろん。ねえ、からだの芯から温め合おうよ」

「もう、えっち……」

とはいえ、言うほど汗の匂いはしない。もちろん、雨の匂いがするのもあるし、どこか柑橘系の匂いがするのだ。

ユーリは鼻息も荒く、真っ赤なブラへ手を伸ばした。挑発的な勝負下着っぽいもの。

とても大切なものを扱う手つきでそれを脱がし、ツンと上向いたおっぱいを、両手で握りしめる。

「んんっ……！」

「わ、ぷるぷるだ」

まるで水風船みたいに弾力がある。どこか芯が残っているのは、思春期の女の子だからだろう。まだまだ、発育途中なのだ。

乳首がツンツン立ってくるので、コリコリいじったり吸い立てたりすると、イレーネは全身を大袈裟に震わせて、敏感に感じてくれた。

強くなりすぎないよう注意しながら、膨らむおっぱいをむにむにと揉む。

「勇者様、私、身を清めてないのに……」

「十分綺麗だよ。それにちょっと汗の味がして、興奮しちゃうな」

「そんなっ、あ、ひゃうっ！」

今度はショーツに手を突っ込まれ、イレーネが背中を仰け反らせた。

そこはすっかり熱を帯びていて、指で擦ってあげると、とろとろの潤滑液があふれ出してくる。とても健康的だった。

「こっち、見てもいい？」

「は、はい……どうぞ」

ショーツに手をかけて、引っ張ろうとすると、美少女が腰を浮かせて手伝ってくれる。たまらないシチュエーションだ。

ましてや、赤い下着と秘部の間に、つうっと透明な糸が伝うのを見てしまえば、もう。

「イレーネ、俺、もうっ！」

「あ、勇者様っ」

スポーツ少女の上にのし掛かって、熱々のペニスを蕩けたおま○こにくっつけて。くちゅり、ぬぷりと押し入れる。

運動をしているだけあって、締め付けのきつい内部。それでも、『女』にされた後なので、男のモノを奥まで送り出してくれる。

「ああっ、入った……くう、気持ちいい……！」

「んふぅっ、奥まで、全部……熱い、ですっ……」

陰茎の根元まで、それこそ互いの陰毛が触れ合うくらいにピッタリと挿入し。

男女の一番熱いところを、むき身のままに擦り合わせて、芯から激しく温め合う。

「動くよ、イレーネっ！」

「あんっ！　ふぁっ、愛して、愛して下さい、勇者様っ……♡」

ぬぽっぐぽっと音を立て、生々しく摩擦運動に耽る二人。

生殖の熱が二人の体を温め、肌寒さも忘れてしまう。

激しくパンパン音が鳴るほど腰を打ち付ければ、あられもない嬌声があんあん漏れて。とろとろのおま○こが、ぐちゅぐちゅかき混ぜられて、淫猥な水音を納屋に響かせる。

「ふぁっ、腰、勝手に動いちゃうっ！　私、いやらしい娘になっちゃいますっ！」

「いいよ、どんどんえっちな女の子になって！　おほっ、この締め付け、凄い気持ちいいっ……！」

スポーツをやっているだけあって、運動神経も良ければ、飲み込みも早い。

締め付けもきつければ、腰使いも上手な、セックスの才媛である。

もう十分温まっているのだが、ユーリは少女の上に覆い被さり、ぎゅっと強く抱きしめた。

全身をピッタリ密着、汗ばんだ肌を重ね合い、ヘコヘコ腰だけを動かしてピストンする。

体重がかけられて、ペニスがより深いところまで届いてしまう。イレーネは呼吸も出来ないくらい、息を荒くして、ユーリの背中をきつく抱きしめた。

「はんっ、はぁんっ、もう、もうダメっ……！」

「あ、イレーネ、そんな締め付けたら、俺……ううっ」

どぴゅ、びゅるるっ！

たっぷり熱せられたザーメンが、健康的な美少女の下腹部にどくどく流し込まれる。

「ふぁっ、勇者様の、私のこと……愛してくれたんですね……♪」

「うん、すっごく可愛いかったよ、イレーネ」

行為の余熱を冷ましながら、抱き合って互いの肌を撫で合う。柔らかくてしっとりして、やっぱりちょっと柑橘系の匂いがする、女の子の体。

瑞々しい張りがあって、スベスベの肌は、いくら撫でても飽きそうにない。

「んっ」

「あ、えへへっ」

ちゅっとキスをすれば、向日葵の咲くように微笑んでくれる。元気で真っ直ぐで、とても魅力的な女の子だ。令嬢としてコンプレックスがあるなんて、信じられない。

これはもう、自分がどれくらい魅力的なのか、ちゃんと教えてあげないと。

そんなよく分からない使命感に駆られ、ユーリはお尻をなでなで。

撫でる手つきをいやらしくして、２回戦アピールである。

「んっ、勇者様、まだ冷えるんですか……？」

「うん、もっと温まりたいな。ね、今度は後ろから温め合おうよ」

「もうっ……分かりました、風邪引いちゃったら、大変ですから♡」

交接の熱に浮かされたのか、素直に四つん這いになって、お尻をふりふり。

勇者は飛びつくように襲いかかり、後背位で激しく繋がり合うのだった。

なお、情熱的な行為が一段落する頃には、雨はすっかり上がっていたという。

第三章　占星術師と色んな意味で危険なフラグ

昼下がりの離宮。

ユーリは喉を鳴らし緊張に手を濡らして、ティータイム中のルナリア姫に声をかけた。

気心の知れた王女様だが、要件が要件なのだ。どうしてもナイーブになってしまう。

でも、今抱えている巨大な秘密を、隠し続けるわけには、もういかない。

「え、えっと、ルナリアさ……ちょっと、その、報告があるんだけど」

「あら、どうしたのユーリ様？　ふふっ、そんな改まらなくってもいいじゃない。わたしとユーリ様の仲だもの、何でも話して？」

「そ、それじゃあ……そ、その。驚かないで、聞いて欲しいんだけど」

「うん」

「ここで働いてるメイドさん、みんなと、その、ええと……えっちしちゃいました……」

一世一代の告白。ここまでド派手な浮気の告白が、かつてあっただろうか。

これで、離宮の住人と全員関係したことになるのだ。このクズ虫！　と言われたら、「はい、クズ虫です！」と土下座する覚悟である。

しかし、それを聞いたルナリアは、きょとんとして一言。

「え、今まで手を出してなかったの？」

割と素で驚いていた。全ユーリが泣いた。

違う意味で信頼されすぎている。

とはいえ、そこはあざとい王女様。

その日の遅く、いつぞやのなんちゃってメイド服を身に纏い、夜伽にやって来て。

「ねえ、やっぱり本物じゃなきゃ、ダメかしら……？」

なんて上目遣いに聞いてくる。見事なアフターフォローである。

勇者はとてもハッスルした。ロイヤルメイドをベッドに引き込み、あんあん啼かせて、やんごとなきおま○こに、びゅーびゅー中出し。

熱い夜をしっぽり過ごして、ベッドの上。しなやかな裸体に絡み付かれつつ、ピロートーク。

「えへっ。ユーリ様ったら、ほんとにメイド服が好きなのね？」

「る、ルナリアが可愛すぎるから……そ、それに、俺の、初めての相手だし……」

「うれしいっ♡　ちゅっ」

「んっ」

ちゅ、ちゅっと甘ったるいキスの雨を降らせ、勇者の頭をトロトロに蕩かして。賢者タイムの脳みそに、危険な言葉を囁き入れる。

「ね、そんな気にしなくてもいいと思うの。離宮に勤めてるのは、みんな年頃の女の子でしょ？　ユーリ様は唯一の男で、それも救世の英雄じゃない。みんな、心のどこかで、仲良くなりたいな、とか。深い仲になれたらなあ、とか、ときめいてたと思うわ」

「そ、そっかなあ」

「そうよ。んっ、わたしだって年頃の女だもの、信じさせてあげる♪」

「あ、ちょっと、そこはまだ……！」

たっぷり励んで柔らかくなったモノを、白魚のような指が優しく撫でて。

レザ譲りの手淫で刺激すれば、それはもう簡単に、むくむくとサイズが増していく。

「ルナリア、俺、また……」

「いいよ、いっぱいエッチしましょ♪　女の子のここで、気持ち良くなって♡」

再び繋がり合って、ベッドの上を転がり回り、お股の間で気持ち良くなる。

こうして、年頃の女の子に何度も中出し。大満足してグッスリ眠ったユーリであるが、ルナリアにも考えはある。

（ようし、計画通りっ！　これならユーリ様も、この世界に残りたくなるわっ）

そう。

救世の勇者がメイド好きなのは、もはや火を見るより明らか。

敢えてスキルを度外視し、年齢・ルックス・性格だけでメイドを選び、勇者の周囲に侍らせれば、それはもう。

宮殿でメイドに囲まれ、何も起きないはずがなく……！

企画・お姫様、実行・国王の謀略は、大成功であった。

仮に元の世界に戻る方法が見つかったとして、大好きなメイドに囲まれ、しかも全員手を出してオッケーという環境を、諦められる性格だろうか？

絶対無理である。

しかも日が経つにつれ、「当たり」が出る可能性も高まるだろう。

愛しの勇者をガッシリ捕まえ、ルナリアも心地よい眠りについた。


「……と、いうことがありまして」

いつもの暗黒の荒野で、定例の酒盛りをする四人組。

酒の勢いで、ユーリは近況報告を行っていた。

「ヤリチ○」

「種馬じゃ」

「淫魔だな」

「う、うっさいやい！　仕方ないじゃん、みんなグイグイ迫ってきたんだから！」

いくらユーリがボンクラでも、おま○こに説得されるほどではない。一晩明けたら、やっぱり「あれ？　何かおかしくね？」と思い直し。

第三者の話を聞こうと、仲間に意見を求めて、いつもの有様である。

「ルナリアは、気にしなくていいよって言ってくれてるんだけど……」

「良かったわね、寛大な彼女で。何股かけてもいいって認めるなんて、なんて健気な娘なのかしら。無性に貴方を殴りたくなってきたわ」

「うぐぐっ、言い返せない……！」

「うーむ。順調に人生の迷子じゃのう……ふむ、神殿に頼ったり、自然に身を置いてみたりしてはどうじゃ？　人間はそうやって、煩悩を払うんじゃろ？」

「どっちもやったよ。やったけど……」

ミュトラス女神教の神殿では、メチャシコ聖女様と出会って即合体。そのまんまお持ち帰りコース。

朝の森でマイナスイオンを浴びてたら、スポーツ少女といいムードになり、二人でパコパコ激しく運動。とてもいい汗をかいた。

そんな経緯を話すと、アガメムノンは閉口し、ルキウスが天を仰ぐ。

「貴様、実は邪神に呪われてたりしないか？　こう、意地でも真っ当な生活は送らせぬぞ、という」

「そんなセコい邪神だったら、苦労してないわよ。しっかし、自然もダメ、神殿もダメね。そうなると、うーん。旅行とか、いいんじゃないの？」

「旅行ねえ……そだ、俺達Dランクじゃん？　護衛依頼とか受けてみない？　小旅行ってことでさ、どっか行ってみようぜ！」

「おお、それは良いな！　余もちょうど、息抜きがしたかったのだ」

「わしも賛成ー」

「そうね、面白いじゃない。じゃあソニアに、いい依頼がないか、聞いてみましょうよ」

というわけで冒険者ギルド。

『旅行がしたいから、護衛依頼ない？』と聞かれたソニアは、頬をひくつかせた。お説教の前兆である。問題児四人組も、機を見るに敏。というか何度も同じことをやってれば、いい加減気付くというもの。

「皆さん……？　冒険者ギルドは、旅行斡旋所でも、飲み屋でも、遊び場でもないんですよ？」

「「「「ごめんなさいっ……！」」」」

謝るときは即謝る。しかもこんなときだけ、抜群のチームワークである。

とことん太い連中であった。

「おい見ろよ、受付嬢さん、またキレてるぞ。やっぱりトラブルメーカーズって……」

「すげえな。毎度毎度、あんなに説教されて、へこたれねーもん。真の勇者だわ」

周囲の冒険者による、ヒソヒソ話。

ちなみに、正真正銘、本物の勇者がパーティーメンバーだが、今は下を向いて説教が終わるのを待っていた。

「……はぁ。でも、みなさんが、頼りになる冒険者なのも事実です。そこでお願いが」

「おっと、大物討伐であるな!?　ここは余が、一発ドカンと決めて、汚名返上をっ……！」

「大物、かどうかは分かりません。けれど、少し困った話があって……えっと」

そこで、しゃりん、と装身具の音が鳴り。

透明なヴェールを被った、黒髪の美少女が、鈴の鳴るような声で話しかけてきた。

「依頼主、私。東の方、凶兆の星が見える。私、多分、死ぬから。起きたこと、伝えて欲しい」

「ええと……こちらの方が、依頼主です。こんなことを仰るので、私も正直、どうしていいか……でもみなさんなら、どうにかしちゃいますもんねっ！」

不吉な予言をする依頼主。

実際、受付嬢の第六感は、何か嫌なモノを感じていた。

そういう得体の知れない予感を吹き飛ばせるパーティーは、良かれ悪しかれ、ただ一つ。

フラグ潰しの専門家、トラブルメーカーズである。

§

「私、占星術師、してる。あなた達に、依頼したい」

「あー、分かったけど……ねえ、凶兆の星って、どゆこと？」

「分からない。けれど、良くないもの。とてもとても、良くないもの。私、きっと、それを伝えるために、生まれてきた」

言葉通りに受け取れば、とても切実だが。語る少女の表情は、人形のように変化がなく、口調も淡々としていた。

「そういうの、私は気に食わないわね。そんなチンケな理由で生まれちゃ、退屈じゃないの！　目標はもっとデカく持たなきゃダメよ」

「うむ。出来ればこう、もっと邪悪で禍々しい理由が欲しいところだな。そう、余の呪われた右腕が疼くのは、この世全ての悪を飲み干すため、とか……！」

「ううむ、安直でダサいのう。30点」

「ぐうっ……ぐぬう、どうしてもリリーのセンスを意識してしまう……！　どうすれば、ああも自然にそれっぽいことを言えるのだ……！」

「それ、真似していいことないと思うぞ」

やいのやいのと喋り出す四人組に、ソニアがジト目になる。

そして地を這うような声音で注意をした。

「みなさん？　依頼主さんのこと、ちゃんと聞きましょうね？」

「はいっ」

ユーリがコホンと咳払いしての、仕切り直し。

改めて見れば、とても印象的な美少女だ。夜空のように黒く艶やかな髪。幻想的なヴァイオレットの瞳。透き通るように白い肌。

金糸の編み込まれた、黒のワンピースは、胸元が大胆に開いていて、白い谷間がくっきり。

ついそっちに目が行ってしまうユーリの腕を、エレミアが思い切り抓る。

「え、えっと、じゃあ、まず名前を聞いていい？」

「メイア。星詠みのメイア。あなた達は？」

「俺はユーリ。そっちの銀髪がエレミアで、そこの中二病がルキウス。ボケッとしてるドラゴンが、アガメムノン。四人揃って……」

「「「「トラブルメーカーズ！」」」」

息もピッタリ、パーティー名を叫んでポーズを取る四人。いい年の大人とは思えない。

ソニアは頭を抱えたが、実績はあるのだ。実績だけは……！

「……分かった。短い間だけど、お願い」

「任せとけって。でも、短い間になるかは、保証出来ないけど！」

「そうじゃのう。そこだけは、保証出来ぬわい」

「何が出てくるか知らないけど、倒しちゃっても文句言わないでよ？」

「あーっ！　余のセリフを持っていきおって、ズルいぞエレミア！」

どこまでも緊張感がない連中であるが、今度はソニアも注意をしなかった。

自分の死を、まるでカードを引いた結果でも喋るように、淡々と語る星詠みの乙女。

それを引っ繰り返せるのは、この連中しかいないと、何だかんだで信じているのだ。

行き先は、王都郊外に眠る古い遺跡である。

そこまでは馬車で移動することになったのだが、まことに残念ながら、乗馬能力のない面子である。

貸馬車を借り、御者をするのは、依頼主であるメイアであった。

「あなた達、冒険者。ふつう、馬車乗れないと、困る」

「め、面目ない……こ、今度覚える予定なんだよ！　教師のアテも出来たし！」

早くイレーネに乗馬を習おう。

そんな思いを強くするユーリであるが、他の三人は結構他人事だった。

「郊外に出たら、アンデッドに馬車を引かせるのはどう？　これなら、休みなく走らせ続けられるでしょ？」

「それ、絵面が凄く悪いのう……色んな意味で、悪の帝王みたいじゃ……」

「余はなぜか動物に嫌われるのだ。うむ、暗黒の申し子たるもの、動物に好かれることはないということで……」

「言い訳すんなし。絶対覚えてもらうからな」

王都を出て、しばらく道を進めば、徐々に人気がなくなっていく。

向かう先は東部森林。古代遺跡が眠る、古くからの土地だ。王都が築かれる前から、遺跡は既に存在していたと、記録にある。

簡単な討伐依頼や採取依頼で、時折冒険者が入り込む。それだけの場所。

だが、今日は違った。

森に足を踏み入れた途端、巨大な蛇や、凶暴な洞窟熊、果てにはヒュドラのような危険なモンスターが、立て続けに襲いかかってくる。

王都から近い場所で、こんなモンスターが出てくるのは、明らかに異常だ。

「……もう、始まってる……お願い、どうか遺跡まで連れていって」

唇を引き結び、初めて深刻な表情を浮かべ呟くメイア。

だが、四人組の反応には、ひどい落差があった。

「おお、ツマミが群れをなしてやって来たぞ！　入れ食いではないか！」

「今日は夕飯に困らぬのう！」

森のモンスターは、次々と、今夜の酒のツマミにすべく締められていった。

半年間の冒険の旅。

その中で四人は、多くのことを学んだ。

巨大蛇の肉は蒲焼きにすると、実にエールに合う。洞窟熊のモツ鍋は、これまた絶品で、酒が何杯でもいける。ヒュドラは唐揚げにしてもよし、ステーキにしても良し、鍋にしても良しのオールラウンダー。

邪神討伐の旅は、四人を立派なジビエ肉ハンターに育て上げていたのである。もっと他に学ぶことはなかったのか。

「……あれ？」

メイアは目をゴシゴシ擦った。おかしい。

モンスターが襲ってきたはずなのに、気付いたら夕飯の下ごしらえが始まっているのだ。どのモンスターも、油断ならない強敵だし、ヒュドラなどは、Dランクでどうにかなる相手ではないのだが。

『今日の晩ごはんは、ヒュドラよ！』とか、おかしな台詞が聞こえてくる。今日の晩ご飯はサンマよ、みたいなノリで言わないで欲しい。

「メイア、顔色よくないけど大丈夫？　やっぱり、ずっと馬車をお願いしてたから、疲れちゃったかなあ」

「うーん、悪いことしたわね。でも安心して、今日はド派手にジビエパーティーだから！　こんだけ取れたんだもの、ケチケチしないわ」

「うむ、盛大にパーッとやるのである……おっと、ひょっとしてメイアはジビエが初めてか？　なら運がいいぞ。こう見えて余達は、ジビエ料理には覚えがあるのだ！」

「わしらの数少ない特技じゃからの。ほれ、そこで休んで、夕飯を待っておるといい。馬車の運転を押し付けてしまったお詫びに、とびきりの料理を振る舞うからの！」

熟練の冒険者でも、撤退を選択するであろうモンスターの群れを、あっけなく始末してこの台詞。

腕に覚えがある、ではなく、ジビエ料理に覚えがある、である。四人揃って、「モンスターの異常発生」ではなく、「ツマミが大漁ひゃっほう」という認識しか持ってなかった。およそ、調査というものに全く向いてない連中なのだ。

しかも。

「……美味しい」

「であろう！　ほれ、もっと食べるといい！　それに、このエールは肉によく合うのだ！」

「うはっ、この肝、めっちゃイケるわね！　んー、これは酒が進むわ！」

「この熊肉、野趣に溢れた味わいじゃのう。余りは干し肉にすると、ううむ、じゅるり」

「でもやっぱり、主役はヒュドラだよな。食いでもあるし、骨がまた、いい出汁を出すんだ、これが」

実際、絶品料理だから悔しい。

どう見ても危険な森で、盛大にたき火を起こして夕飯とか、色々おかしいが。

周囲をアンデッドが警戒しているし、強力なモンスターが弱肉強食されたせいか、森は静かなものだった。誰だって夕飯にはなりたくない。

こうして一日目は、肩透かしのままに終わった。

§

「ふあー、よく寝たー」

明くる朝。持ち込んだ豪華なテントでグッスリ眠ったユーリは、のそのそと起き出した。

日はとっくに昇っており、不寝番をしていたアンデッド達がガチャガチャ音を立てている。

半年間の冒険で見慣れた朝であった。

もちろん、本物の冒険者は豪華なテントなど持ち歩かないし、日の出と共に目を覚ますし、ちゃんと不寝番もやる。

しかし、寝起きの悪い勇者に、夜型の魔王。昼寝大好き不死女王に、数日寝過ごす竜王が揃ったパーティーだ。早起き出来るメンバーが誰もいない。

実際、隣に並んだ魔王・竜王のテントには、まるで目覚めた気配がなかった。ちなみにエレミアは、メイアと一緒のテントで寝泊まりしている。

「……ちゃんと起きたのかな、あいつ」

不死女王の寝起きは悪い。それこそ、昼寝中に召喚すると、王都の暗部が半殺しにされたりするくらい、悪い。

メイアがちゃんと起こせるか、ちょっと心配になるユーリだった。しかし、外から起こそうとすると、あまり嬉しくない結果が待っている。

「よし。後で確かめよっと」

以前、鍋をドラム代わりに使い、即興演奏で起こそうとしたら、マジギレして大変だったのだ。

ユーリはサクッと先送りを決め、まず自分のテントを収納し始めた。彼らのテントは特殊な魔道具で、呪文一つでバッグに収まるサイズに収縮する優れもの。

とある王国を救うとき、何が必要か聞かれて、「キャンプ用品！」と答えた結果だ。そのときの王様の、何とも言えない表情は、今でも記憶に残っている。

当時のユーリ達は、野宿の面倒臭さに苦しんでいたので、豪華テントは大いに役立ったのだが。

「さて、朝風呂でも沸かすかなあ」

首をコキコキ、周囲を見渡していると、ちゃぷちゃぷという水音。

見てみれば、手桶に水を満たしたメイアが、体を拭いているところだった。

テントを張った広場のど真ん中、もちろん全裸である。

「……あ……おはよう、ユーリ」

「あ、う、お、おはよ……」

しっとり濡れた、艶やかな黒髪。白く染み一つない背中。手のひらに納めるには、少し大きな乳房。全体的に作りの小さな体つきだが、付いてるところにはちゃんと付いた肉付き。

もう色々と見えてしまった後で、ユーリは慌てて後ろを向いた
「ちょ、ちょっと、何してんのさっ⁉」

「ヤリチ○、貴方またやったわね！」

女子テントからエレミアが飛び出してきて、ユーリに容赦なき一撃を食らわす。

吹き飛んだユーリは、大木にぶつかって「ぐえっ」と間抜けな声を出した。

「お、俺、ちゃんと後ろ向いたのに……」

「あれ、そうなの？　てっきり、朝から発情したもんだとばっかり」

「ひ、人の話、聞けよな……た、確かに、色々見ちゃったけど……」

そう。

瞳を閉じれば、ありありと思い浮かべることが出来る。

ちょっと着痩せするタイプかな、と思うメイアの裸体。とっても綺麗なお肌に、抱き心地の良さそうな体つき。

残念勇者は、そういうの、顔に出るタイプである。

「……謝ろうとしたけど、やっぱナシね」

「ぐうっ、言い返せない……！」

はーあ、とエレミアが大きくため息一つ。そして男子テントに向けて声を張り上げ、

「貴方達！　まだ出てくるんじゃないわよ、メイアに服を着せるからね！」

「わしを種馬と一緒にするでない！」

「失礼な、余は色ボケではないぞ！」

「す、好き勝手言いやがって……！　こ、今回のは、ラッキースケベ……すみませんでした、やっぱり俺が全面的に悪いんで、拳下ろして！」

「ふん。命拾いしたわね」

握り拳を下ろし、メイアに外套を被せるエレミア。不死女王、近接戦闘にかけてはトラブルメーカーズ随一の猛者である。アンデッド使役する意味あるのだろうか。

「あのねメイア、貴方は女でしょ。男どものいるど真ん中で、裸を見せちゃダメじゃない。中二病のルキウスに、ロリコンのアガメムノンはともかく。ここにはヤリチ○の中のヤリチ○、ユーリがいるのよ？」

「酷すぎる！」

「貴方、今何股かけてたっけ？」

「ひど……すぎるのは……俺ですね、ごめんなさい……」

何気に巻き込まれたルキウスとアガメムノンは、渋い顔。

しかしメイアは、ポカンとした顔で、思いもよらぬことを言う。

「でも……エレミアは、いいの？」

「私は女でしょ。同性はいいのよ」

「……分からない。私、誰に見られても、気にならない」

「ええー……」

珍しく頭を抱えるエレミア。まさか自分が、常識を説く側になるとは……！

こうしていると、無性にソニアを呼びたくなる。あの常識人の受付嬢なら、きっと上手に説明してくれるに違いない。

「……はあ。貴方、一体どんな育ち方をしたのよ」

「私、ずっと星詠みを教わってきた」

「そういうことじゃなくて……ほら、他にも色々、教わったこととか、あるでしょ？」

「お婆様、星詠みと、生活のこと、教えてくれた。裁縫、料理、乗馬、火起こし。他のこと、知らない」

「……下手に必要なことが分かってるだけ、ややこしいわね」

なお、裁縫・料理・乗馬・火起こしで、この四人組が出来るのは火起こしだけだ。それも攻撃魔法かブレスを使う豪快仕様。

四人は一度円陣を組むと、ヒソヒソ相談を始めた。

リリーのときもシリアスで困ったが、メイアはメイアで問題だ。

「(どうしよ、私、説得出来る気がしないわ……！　戻ったら、ソニアに相談しないと。そうだ、レザにお願いするのもいいかも！)」

「(レザさんなら打って付けだなあ。離宮でも、みんなの相談役やってるし)」

「(ふむ。余も、当てになる知り合いがおらんからな。その、レザという友人に頼むがよかろう。少なくとも、ルウィのババアに頼むよりはマシだ！)」

「(わしの知り合い、ドラゴンのマナーしか知らんしなあ……)」

本人の与り知らぬところで、救世の英雄一行の相談役になりつつあるレザ。

勇者付き相談役とは、中々大変な仕事である。

「あなた達、とても不思議」

「ん？　どこが？」

そんな四人に、メイアは不思議そうに首を傾げて、こう告げた。

「星が、まるで詠めない。あなた達、四人とも、誰も。……わたし、まだ、未熟」

「フハハハ、それはメイアが未熟なのではなく、余のスケールがちょっと巨大すぎるせいであろう！　宿命とか運命とか、余を縛るには力不足よ……！」

「その通りね。この偉大な不死女王に、運命の女神如きが介入するなんて、千年早いわっ！」

「……うーん、わしら、実は大した運命がないだけなのでは……？」

「う。もう、大抵のイベントはこなしちゃったしなあ」

なにせ邪神倒しちゃったし。

とは、流石に口にしない。

§

「入れ食いなんじゃがのう……」

「ぬぬ、なんと勿体ない……」

遺跡へと続く道。

再び大挙して襲ってくるモンスターを倒しつつ、トラブルメーカーズは苦い思いを噛みしめていた。

いちいち締めていたら、流石に時間が足りない。

目の前に、処理すれば極上のジビエになると分かった肉があるというのに……！

断腸の思いで遺跡へと急ぐ四人である。流石にここでもう一日、とか言ってたら、ギルドが怒ることくらい分かっているのだ。

まさか、そんな間抜けなことを考えているとは露知らないメイアは。

辛そうな四人の顔を見て、『これだけのモンスターを相手にするのは大変なんだろう』と、純粋に信じていた。

その割にワンパンだなあ、と突っ込む余裕もなく、モンスターの群れを蹴散らして進む先に、古代遺跡がある。

正確には、あった。

「うわー、本当に遺跡なんだな。全壊じゃんこれ」

「うむ、まるでつい最近、トドメを刺されたような壊れ方。メイアよ、達成証明書くときには、余達が来たときには壊れてたと一筆頼むぞ！」

本来、台形のピラミッドが建っているはずの場所。

ピラミッドは土台から倒壊し、地下空間が露出している。

そして、大きく空いた穴からは。爪をかけ、飛び上がり、モンスターが次々湧いてきていた。

「……遅かった。もう、始まってる……」

顔を紙のように青白くして、メイアが呟く。

瞬間、ズズズと地面が揺れ、地下空間から巨大な物体が浮き上がってきた。

それは、巨大な器。ユーリは『火焔土器みたい』と思った。

ゆらゆら揺れる漆黒の炎の縁取り。その中心から、モンスターが身悶えしながら生まれ、地に落ちる。

「凶兆の星……これ、だった。混沌の主。災厄の種。エキドナの器……！」

ブルブルと震えながら、言葉を紡ぐメイアの横で。

トラブルメーカーズの四人は、顔を見合わせ、叫んだ。

「「「「生け簀だーーーー！！！」」」」

カァ、と森のカラスが飛んでゆき。

巨大な器が、困ったように身震いする。

「うおおっ、この世にはこんな便利グッズがあったのじゃな！　これで一生、酒のツマミに困らぬのう！」

「凄いわね。これを暗黒大陸に持って帰って、食肉工場を作りましょうよ！」

「……これ持ち帰ったら、余が大臣にぶっ殺されるぞ。た、確かに、素晴らしく便利なアイテムではあるが……！　ぐぬぬ、どこか、バレない場所はないものか……」

「あー、すっげー欲しい……けど、絶対怒られるパターンだこれ……」

エキドナの器改めモンスター生け簀に、熱い視線を向ける四人。

そこで器が唸りを上げ、奇怪な音声を立てた。まるで抑揚のない、機械めいた声。しかしその奥底には、底知れない悪意が渦巻いている。

「星詠みの誘導は、成功した。星詠みの一族、よく来てくれた。感謝。間抜けにも、自分から贄に来てくれた。感謝」

「なぬっ、生け簀が喋ったぞ……？」

「……意志を持つ生け簀とは、世の中広いわね……！」

馬鹿二人の突っ込みを無視して、生け簀が話を続ける。

「器を満たす。星詠みの一族、吸収する。吸入開始」

「……い、いやっ……！」

目に見えない力に引っ張られ、巨大な器に吸い寄せられるメイア。

それをガッシリ掴み、妨害するのは、不敵に笑うユーリだった。

「はっはっは、生け贄ごときがメイアを持っていこうなんて、１０００年早い！」

「邪魔者。吸引強化」

「あぐっ！」

吸い寄せる力と、引き留める力。その二つに引っ張られ、苦痛にメイアが悲鳴を上げる。

「おっと、そういうパターンか。しょうがないなー」

引き留めるのを諦めたユーリは、メイアの手を握って、生け贄めがけ、ズンズン歩き始めた。

「だ、ダメ！　離して、あいつ、狙い、私だけ！」

「ははっ、せっかくここまで一緒に来たじゃんか。それなら、最後まで付き合わなきゃね！」

いつもよりも攻撃的で、獰猛で、不貞不貞しい笑い方。

それが合図のように、他の三人も笑い始め、魔力を練りながらエキドナの器へ歩き始める。

「礼儀のなっていない生け贄めが。余の一撃で吹き飛ばしてくれるわ！」

「うーむ、出来れば、生け贄能力は残したいんじゃがのう」

「ふん！　うちの依頼人を痛い目に遭わせたんだから、木っ端微塵よ！」

パキポキ拳を鳴らしながら、呼んでもいないのに突っ込んでくる四人と、お目当ての生け贄一人。

メイアが目を白黒させる中、エキドナの器も困惑したように震える。そこに、勇者一行の容赦ない攻撃魔法が始まった。

「ふははは っ！　どうせ遺跡は壊れておるし、全部貴様に責任転嫁してくれる！」

「よーし、俺も久しぶりに飽和攻撃やっちゃうぞー」

「わしもちょっと、本気のブレスでスッキリするかのう」

この世の終わりと見違える、恐ろしい轟音を上げ。巨大な地震のように、大地を揺らし。

黒い稲妻が走り、レーザーの束が幾重にも放たれて、紅蓮のブレスが噴き上がる。

慌てて張られた障壁っぽい靄は、魔法を防ぎ切れずに破られて、中の器が激しく揺れた。

桁違いに強力な攻撃魔法に、メイアは唖然とする。

救世の英雄一行の得意技、『ぶっ倒せば防御も不要！』戦術であった。

「異常！　異常！　おまえ達、何者!?」

「何者って言われても、のう」

「何て答えたもんかなあ」

呑気に顔を見合わせる、ユーリとアガメムノン。

回答をしたのは、唯一魔法を打っていない、最後の一人。

「貴方の邪魔者に決まってるでしょ？　ようく味わうといいわ、神殺しの一撃よ」

弾丸のように飛び込んでいく、不死女王エレミア。

振るわれた拳は、大気を引き裂き、衝撃波を巻き起こしながら、器に致命の一撃をもたらす。

「グァアアアアア！！！」

派手な粉砕音が響き渡り、器が粉々に砕け散った。

そこから黒い靄が湧き上がるが、それを見逃すユーリではない。

「何か出てきた！　念押しに、もう一発！」

「よくあるパターンであるな。邪神の使徒で見飽きたわ！」

「最後まで吹き飛ばしておかんとのう」

三人の魔法第二陣が放たれて、器の残骸も黒い靄も、跡形もなく吹き飛ばす。

ついでに遺跡も粉微塵、というかクレーターみたいになってるが、気にしない。

「はん。他愛もないわ」

噴き上がる爆炎の柱を背に、エレミアが振り返り、ニヤリと笑ってVサイン。

「あー！　一番いいとこ持ってかれた！」

「その台詞、余が狙っていたのに！」

「ほんと、いいところ持っていくのが得意じゃのう……」

凶兆の星を打ち砕き、悪ガキのように笑う四人。その背後に、メイアはあまりにも巨大な星を幻視した。

どうりで、気付かなかったわけだ。

この四人の星は、ただの星詠みには大きすぎる。運命を読むなど、夢のまた夢。仰ぎ見るだけでも精一杯。

現実感を失いかけ、フラリと揺れる彼女の肩を、ユーリの腕が優しく抱いた。

「つと、大丈夫？　あの生け簀野郎が、強引なことしたもんな。街に戻ったら、家まで送るよ」

「うん……ありがとう」

「……あ、いや、その、どういたしまして……？」

ふわりと、柔らかに微笑む星詠みの乙女。

初めて見せる、年相応の無邪気な笑顔に、ユーリはドキドキしてしまった。

§

「よーし、肉を回収するわよ！」

ボスキャラを撃破したエレミアの、元気いっぱいな宣言である。

メイアは流石に転びそうになった。

ルキウスは「まだ間に合うはず……！」とか力んでるし、アガメムノンも「血抜きは急がないとのう」とか言っている。

凶兆の星も、彼らにとっては「血抜きに立ちはだかる壁」くらいの認識だった。

「おーい、その前にメイアを送らなきゃだろ」

「おっと、ごめんなさい。じゃあユーリ、メイアをよろしく頼んだわよ。じゃあねメイア！次会うときは、飛びきりの干し肉を持っていくから、楽しみにね！」

「あ……うん、みんな、また」

「うむ。また今度、ジビエパーティーをやろうではないか」

「今度は壊れてない遺跡を見たいのう」

手を振って肉を回収に向かう三人。食い気で動く生き物である。

それに手を振り返しながら、メイアは思う。

次会うときは。また今度。

ひどく自然に投げかけられた言葉が、とても温かい。

「それじゃ、帰りは転移使おうかな。早く帰った方がいいだろうし」

「え……？　馬車、ある」

「大丈夫大丈夫。馬車も一緒に運べるから」

「……そう」

はぁ、とため息を一つ。

もちろん普通は、転移魔法で馬車など運べない。そんなことが出来るんなら、行商人は食いっぱぐれだ。

しかしまあ、あれだけの出来事の後である。メイアもため息一つで呑み込める程度には、感覚が麻痺していた。

「えっと、ここがメイアの家？」

「うん。送ってくれて、ありがとう」

そんなこんなで、戻ってきた王都。

錬金術師や魔術師が多く住む、猥雑な界隈の片隅に、メイアの家はあった。

「ほへー。こりゃまた、面白そうなところだなあ」

周囲を歩いていく、いかにもな魔術師。時々響く小さな爆発音は、調合か何か失敗した証拠だろう。

まるで大学の下宿街のような、活気のある一帯だ。

「……ユーリ。ありがとう」

「ははっ、家まで送るくらい、大した手間じゃないって」

「違う。私を、助けてくれて、ありがとう。お陰で、帰って、これた」

家の玄関前。きゅっと服の裾を掴み、万感の思いを噛みしめるように、言葉を紡ぐ。

人形のようだった少女が浮かべる、嬉しそうな微笑みに、ユーリは気恥ずかしい気持ちになった。結局やったことといえば、生け簀を壊しただけなのに。

「ど、どういたしまして」

「お茶、入れる。上がっていって」

「え。メイア、体は大丈夫なの？　あんまり無理しない方がいいと思うけどなあ」

「大丈夫。色々ビックリしちゃっただけ……お願い。もう少しだけ、一緒にいて」

捨てられた子猫のような目で見つめられ、勇者は白旗降伏した。

これは、いくらなんでも、無下に出来ない。

お茶を飲むだけ、お茶を飲むだけと唱えながら、ユーリはメイアの家に上がるのだった。

「ちょっと、散らかってる。ベッド、座って」

「ちょっと……？」

見た目に似合わず、メイアの部屋はカオスと化していた。

所狭しと並ぶ本棚に、溢れんばかりの書物。大量の本と、占星術に使うホロスコープ、天体図、望遠鏡に六分儀などが、床やテーブルに転がっている。

ユーリが真っ先に思い浮かべたのは、大学の教授の部屋だ。住人の頭の中身が、部屋にまで溢れてるような雰囲気。

幸いにも、ベッドの横には小さなテーブルが置いてあって、お茶を置くことは出来そうだ。本の上で珈琲を飲んでた教授を思い出し、ユーリはちょっとだけ安心した。あそこまでじゃないぞ、と。

「お茶。どうぞ」

「おっと、さんきゅ」

ひとまず、出されたお茶をすすり、周囲を見ながら話題を探す。

行きの馬車では、いつもの四人と一緒だったので、自然と会話も弾んだのだが。

出会って2日目の少女を相手に、一対一。スムーズな会話が出来るほど、リア充はしていない……！

「え、えっとさ。メイアは、ここで一人暮らしなの？」

「そう。お婆様、2年前に死んだ。それから、私一人」

「う。ご、ごめん、言い辛いことを聞いちゃって……」

「いい。ユーリには、私のこと、知って欲しい。他に、聞きたいこと、ある？」

抑揚のない声でそんなことを言われると、どう反応していいか分からない。

ただ、思いつくことは。

「時々、寂しくならない？」

「……分からない。私、それが、どんな気持ちなのか、分からない」

「んー……誰かにいて欲しい、って気持ちかな」

「それなら、今」

ユーリの手に、メイアの白い手が、そっと重ねられる。

「私、今、ユーリにここにいて欲しい。これ、寂しい？」

「……!?」

女の子の部屋で二人っきり。ベッドの上で隣り合い、手を繋いで、そんな台詞。一瞬そのまま押し倒しそうになったユーリであるが、流石に自制心をフル稼働させ押し止まった。

凶兆の星より、こっちの方がずっと危ない。

「私、男の人と、手、握るの。初めてだった」

「う、うん」

「まだ、ドキドキする……ほら」

「!?」

嫋やかな手が、そっとユーリの手を持ち上げて。そのまま、胸元へと押し当てられる。

ぷるん。

男を幻惑する、おっぱいの神秘的な柔らかさ。手のひらいっぱいに広がる幸せな温かさに、続いて伝わる心臓の鼓動。

それは人形のような容貌に似合わず、確かに早鐘を打っていて。

「ま、まずいってば、メイア。男に胸を触らせるなんて……」

「ユーリなら、いい」

勇者の自制心は、本日2度目のフル稼働を迎えた。回数制限付きなので、結構なピンチである。具体的には、内心そろそろいっかな、と思い始めてる。

「ユーリはとても、大きな星。周囲の星は、みんな、引き寄せられる」

「うっ、それは何か、心当たりが……」

つい、離宮のことを思い浮かべる勇者であった。確かに、色々、いっぱい引き寄せてしまっている。ズブズブである。

「私も、引き寄せられた」

男に胸を触らせたまま、切なげに眉根を寄せ、ずずっと顔を近付ける星詠みの乙女。

その肩を掴んで、ユーリはどうにか踏みとどまる。いけない。これは大変、覚えのある展開だ。そしてエレミアにぶん殴られる展開である。

「あ、あのさ、メイア。男と二人っきりで、こういうことするのは、その、危ないと思うんだよ」

「危ない？　何が？」

「俺だって、送り狼になっちゃうかも知れないんだし」

「送り狼って、なに？」

「そ、それはだね、うーんと……女の子を、こうして家に送り届けてさ。そのまま上がり込んで。美味しく頂いちゃう男のこと」

「え。ユーリ、私のこと、食べるの？」

「比喩だよ比喩！　え、えっちなことをするって意味！」

「えっちなこと、って、何？」

きょとんと小首を傾げるメイアに、ユーリは本気で頭を抱えた。どうしよう。

こんなことは、以前にもあった。ミュトラス女神教の聖女様である。

あのときは神殿ぐるみで、多勢に無勢。勇者は無様に敗北し、一晩パコパコしてしまった。

しかし今回は、一対一だ。

ユーリはそっと目を閉じた。自分を見つめ直し、心の底に残る自制心をかき集める。そして、心の中の天使と悪魔に問いかけた。こんな純粋な少女に、どう向き合えばいいのか、と。

『えっちなこと、実践で教えるべきだと思いますっ！　レッツ性教育！』

『男を部屋に入れたんだから、オッケーだって。ぱっくんしちゃえよ』

マジ使えない天使と悪魔。ユーリはぶんぶん頭を振り、改めてメイアを見つめる。今度という今度は、真剣である。

「ユーリ……」

「あ」

それをどう解釈したのか、瞳を閉じ、唇を差し出してくるメイア。

天然物のキス待ちである。流石にこれはスルー出来ない。

そっと肩を掴んで、ちゅっとキスする。間違いなくファーストキス。

「……不思議。何でか、こうしたくなった。唇、もっと合わせたい。もっと、触れ合いたい」

眉をハの字に悩ませ、とろんと眦を下げたメイアが、再びキスをせがんでくる。

今度は長くて、深い口付け。

しかもぎゅっと抱き付いての、全身を擦り付けるような体勢だ。

「何で。こんなに近いのに、ドキドキしてるのに、凄く、切ない。あなたに、もっと近くにいて欲しい。ユーリの何かが、凄く欲しい」

「それじゃあ、ええと、せめて解消法だけでも教えようか……？」

「教えて。お願い、ユーリに、教えて欲しい」

依頼人のお願いだし、仕方ないよね！

ユーリの自制心は弾切れであった。

§

「んっ……」

「どう？　気持ちいい？」

「分から、ない。でも、背筋、痺れてるっ……！」

ベッドの上。ユーリはメイアの後ろに座り、抱き付くような体勢を取っていた。ちょうど、股の間に少女のお尻がちょこんと収まる感じである。

ワンピースの大胆に開いた胸元から、そっと手を差し入れて、ゆっくり、優しく胸を揉む。

時々、乳首をツンツンすると、「ひゃうっ」と可愛らしい声が漏れて、ピクンと跳ねるのが、小動物っぽくてたまらなかった。

「ほら、自分でもやってみて」

「んっ……あ、うんっ、不思議な気持ち……」

何も知らないメイアに、切なさの解消法を手取り足取り教えてあげる。

有り体に言って、オナニーの方法を仕込んでいるのだった。

まるでゴシック人形のような、美しくて幻想的な美少女。透き通ったヴァイオレットの瞳は涙に潤み、長い睫毛が切なげに震えている。

無機質なくらい変化のなかった表情は、今、眉根を寄せ頰を染め、未知の感覚に歪んでいた。

「ね、スカート、たくし上げてみてよ」

「分かった……こう？」

「う、うん、そう」

羞恥心を見せることなく、あっさり裾を捲り上げるメイア。細い脚と、その付け根の、黒いショーツがあっけなくさらけ出される。

ユーリは少女の手を掴み、そっと股の間に持っていった。

「女の子はね、ここを擦って、切ないのを鎮めるんだよ」

「そうだったの？　ユーリ、物知り」

何せ毎日やってるし。

という言葉を呑み込んで、ショーツの上から割れ目をなぞらせる。可憐な唇から漏れる、くぐもった喘ぎ声。

上から自分の指を添えて、何度か刺激してやると、お尻が跳ね上がるほど派手に震えるメイア。

「ああっ！　い、今の、凄い……雷が、落ちたみたい」

「ここがいいのかな。ね、直接、触っていい？」

「いい、よ。もっと、もっと触って欲しくなった」

お許しが出た。

ということで、レースに縁取られたショーツをするりと下ろし、何も知らないヴァギナとご対面してみれば。それはつるつるの、息を呑むほど綺麗な女性器だった。

白く透き通った肌の中、ピンク色の割れ目が花びらのように開いて、切なそうにひくついている。

オナニーの方法を教えるという建前は、遠くどこかに吹き飛んで。ユーリはカラカラの喉を鳴らし、指を割れ目に差し込んだ。

ぬぷり。

熱く濡れた粘膜と、生々しい肉襞の感触。

「ふぁあっ!?」

そして跳ね上がるメイアの肢体。見たことのない、乱れた表情。

眦はとろんとして、白い頬は朱に染まり、隠しきれない情熱が内側から漏れ出している。

「わ、メイアのおま○こ、凄い綺麗……」

「あ、んんっ、ふぅっ！」

「女の子のここって、気持ち良くなると濡れてくるんだよ。メイア、気持ちいい？」

「あうっ、私、何も、考えられない……！　瞼の裏、チカチカ、してっ……！」

ぴくぴくっと、一際大きく身悶えてから、メイアはくたりと脱力してしまった。

「はぁ、はぁっ……ユーリ……」

「んっ」

ちゅ、ちゅっとキスをして、震える体を抱きしめる。

荒い息を整えるメイアに、ユーリはそっと囁いた。

「どう？　切ないの、収まった？」

「ん……うん。凄い、びっくりした、けど。まるで、自分が自分じゃ、なくなったみたいだった」

「それが、気持ちいいってことだよ」

「これが……気持ち、いい」

自分で震える割れ目に手を伸ばし、愛液をすくい取って、じっと眺める星詠みの乙女。

危ういくらいに純真な姿に、ユーリの心臓も早鐘を打つ。

「私、収まった。今度は、ユーリが、切ない？」

「え」

「ユーリの腰、もぞもぞしてる。それに、何か、当たってるみたい。ユーリは、切ない？」

何ということだろう。

無意識に、メイアのお尻にフル勃起を押し付け、もぞもぞして求愛アピールしていたのだ。

固まるユーリに、メイアが更なる追い打ちをかける。

「今度、私、お返しする。ユーリ、からだ、見せて」

「……不思議。お股に、棒がついてる」

「お、男はみんな、コレが付いてるんだよ」

ベッドの上。裸になったユーリのガチガチペニスを、メイアは不思議そうにしげしげと眺めていた。

白魚のような指が、硬い勃起をツンツン触るたび、「おほっ」と間抜けな声が漏れる。

「濡れてる……男の子も、気持ち良くなると、濡れる？」

「う、うん。先走りっていって、ネトネトしたのが出てくるんだ……おうふっ」

優しく亀頭を擦られて、ユーリは情けない声を上げ、腰を跳ね上げた。

ねっとりとした先走りが、白い指先を汚している。

「ユーリも、擦ると、気持ちいい？」

「気持ちいいっ……け、けど、我慢出来なくなるよっ」

「我慢、しなくていい。さっき、気持ちいいこと、教えてくれた。今度はユーリが、気持ち良くなる」

「あ、そこ、そんなにされると……」

こすこす。しこしこ。

丁寧に、丹念に竿を擦って、手コキに励むメイア。

純粋な乙女の恩返しコキに、ユーリは頭が沸騰しそうだった。

「ユーリ、とても、気持ち良さそう。私、嬉しい」

「や、やばいって。俺、ホント、我慢出来ないよ……！　お、おま○こ、したいっ」

割とサイテーな告白だった。引っぱたかれても文句言えない台詞だが、純真なメイアはきょとんとするだけ。

「おま○こ、する？」

不思議そうに、とんでもなく下品な言葉をオウム返し。

勇者は犯罪者の気分になった。

「え、えっと。メイアのお股に、俺のココを、擦り付けたくなるってこと」

「お股に、これを……」

少し、不思議そうに首を傾げて。

次の瞬間、全てを悟った賢者の顔をするメイア。

「ひょっとして。私の穴に、この棒、差し込む？」

「ぶはっ」

あまりにもあんまりな、露骨な言い方。

だがメイアに悪意はない。

単に、あるべきことを、あるべきままに口にしただけ。

それがどんなに危険なことか、意識することのないままに。

「いいよ、ユーリ。私のお股も、また、切なくなった。一緒に、気持ち良くなる」

「え、メイア……」

ベッドに横たわっていたユーリの上に、少女が跨がる。

そして自分から、スカートの裾を大きく捲り上げ、口に食んで留めた。

つるつるのおま◯こに、真っ白なお腹が、はっきり見える。見えてしまう。

「私、上になって。擦り付けて、気持ち良くなる」

「うはっ」

ぷっくり膨らんだ赤い亀頭と、ぱっくり開いた花びらとが、くちゅ、くちゅっと擦れ合う。

それだけでも、気をやってしまいそうに気持ちが良い。

占星術士の部屋、星の神秘に満たされた場所で、二人は互いの大切な部分を擦り付け合った。

まるで重力に引かれ合う星々のように。

「くっつけっこ、気持ちいい」

「メイア、俺、もう……」

「うん。もっと、くっつく。一つに、なる」

「あっ」

ぬぷり。

華奢な腰が下りてきて、にゅるっと亀頭がはまり込む。

一度イッてほぐれたおま◯こは、初めて味わう男のモノを、スムーズに受け入れた。

そのまま、乙女の証に阻まれるまで、ぬぷぬぷとはまり込む。

「んっ……何か、引っかかった」

「そこ、越えたら……メイア、乙女じゃ、なくなっちゃうよ」

「いい。乙女じゃなくても、星詠み、出来る」

メイアは躊躇わなかった。ぷつり、とあっけない音を立て、少女の純潔が失われる。そのまま、男性器を根元まで呑み込んで、ぺたんとお尻が腰に落ちた。

「んんっ……！」

「メイア、大丈夫っ？　痛くない？」

「痛く、ない……でも、熱くて、硬くて……凄いっ」

結合部からは、純潔の証が赤く流れ出している。

それでもメイアは、取り憑かれたように腰を動かし始めた。

ぱちゅ、ぱちゅっと、いやらしい音を立てながら、男の上に乗って愛を踊る。

「分かった。これが、本当の、〝気持ちいい〟っ……！　切ないも、寂しいも、みんな、溶けるっ……！」

「はぁ、はぁっ、メイア、いいよ、メイアっ！」

自制心の井戸は涸れ果て、ユーリは小ぶりなヒップをガッシリ掴み、ズンズン腰を打ち上げた。

それに合わせるように、メイアが腰をパンパン振って、気持ちいいところをシコり上げる。

ベッドはギシギシ、結合部はニチュニチュ、乙女がアンアン。

うっとり蕩けたお顔で、夢中になっての腰振りには、無知故の激しさがあった。

ロストヴァージンの直後なのに、ヴァギナはオスの生殖器をきゅっと絞り、ただでさえ気持ちの良い摩擦運動を、天国にまで持ち上げる。

押し迫った調子で肢体をくねらせていたメイアが、やがて、うなされたように言葉を紡ぎ始めた。予感に満ちた、星詠みの言葉を。

「星が、星が瞼の裏で、瞬いて……増える、新しい星、生まれるっ……！」

「え、それってまさか」

「ユーリ、一緒に、新しい星、作るっ！　新しい運命、新しい星……！」

「あ、うわっ、出る、中に出ちゃうよっ！」

どぴゅどぴゅどぴゅっ。

丸一日以上、吐き出していなかった精液。

男性器が嬉しそうに打ち震え、乙女の胎に、熱くて白いモノを噴き上げる。

始まった射精は止められない。びゅく、びゅくっと最後まで生殖液を流し込み、乙女にザーメンの熱さを教え込む。

気持ち良さの余り、惚けたように横たわるユーリへ、メイアが繋がったまま抱き付いていく。

「ユーリ、ユーリっ！」

「あ、んんっ!?　むちゅ、ふぅ……」

「私、まだ、離れたくない……お願い、もっと、一緒にいて」

「もちろん。えっと……今日は、泊まっていっていい？」

「うん。もっと、たくさん、気持ち良くなるっ」

ベッドの上で抱きしめ合い、熱いキスを交わす二人。

まるで、今までの寂しさを穴埋めするように。メイアは覚え立てのセックスに夢中になり、夜明けまで寝台を酷使することになる。

§

星詠みの乙女の危機を救い、無事家に送り届けたユーリであったが。

貞操の方は美味しく頂いて、星詠みの乙女の、乙女を奪ってしまっていた。

『星が、星が瞼の裏で、瞬いて……増える、新しい星、生まれるっ……！』

『え、それってまさか』

中出しの瞬間、大変に不穏な（見方によってはおめでたな）ことを言われて、今更ながらに「マズい」と思ったユーリ。

しかし美少女に抱き付かれ、「一緒にいて」とお願いされて、振り払えるわけもなく。女の子のお部屋で、ギシギシアンアンアン。

覚えたばかりのセックスに、メイアはもう夢中だった。

「ユーリのこれ、何て言う？」

「え」

何度目かの行為の後。流石に小さくなったあそこをツンツンして、興味深げに尋ねるメイア。

性の知識は、ほぼゼロだ。

そんな子に、流れのまま生挿入からの、生中出し。大変よくない性教育である。

「あー、えっと……おち○ちん、って言うかな。おち○ぽ、とか、ち○こ、とか……」

「おち○ちん」

人形めいた綺麗なお顔で、そんな卑語を使われると、背筋がゾクゾクしてしまう。だがメイアは、無自覚に「おち○ちん」と呟きつつ、肉棒をツンツン。

そんな風にされたら、封印されし勇者の剣も、むくむく復活してしまう。

「あ、おっきくなった。こうするの、気持ちいい？」

「う、うん」

「じゃあ、またしよ？　えっと……私の、ここ。おま○こに、おち○ちん挿れて、気持ち良くなる」

ちょこんと横になって、両手を広げて「おいでおいで」をするメイア。勇者はフラフラ誘い出されて、再びぬぷぬぷ。

マズいと思いつつも、自分から運命を引き寄せてしまうユーリであった。

誘惑には弱いし、送り狼にもなっちゃうが、何だかんだ責任感はあるユーリ。このままでは不味いのでは？　とメイアを連れて離宮に来ていた。

豪奢で広い離宮に、メイアは目を丸くしていたが、勇者はそれどころではない。

何せ、ひょっとすると、デキている……！

しかも本人は大変に乗り気で、「赤ちゃん、はやく産みたい」とか仰るのである。鼻歌交じりに邪神とやり合った勇者であったが、人生設計の前には無力。

幸い、離宮にはとっても頼れるお姉さんがいる。勇者の希望は、彼女にかかっていた。

「ぼ・う・や？」

「大変申し訳ありませんでした……」

両手を腰に当て、立ち上がるレザを前に、しめやかな土下座を決める。無駄に滑らかな所作に、勇者付き相談役はため息を一つ。

「もう、そんな素直に謝るの、ズルいわよ。でも、前にも言ったけれど。男の子は出すだけでも、女の子は大変なの。その辺り、えっと、メイアさんはどう思ってるの？」

「私？　私、ユーリの、赤ちゃん産みたい」

「そ、そうじゃなくてね……坊やとは、まだ会ったばかりなんでしょう？　そんなすぐに、将来を決めて大丈夫？」

「それも運命。私、ユーリの星に連なった。それに、あなた、同じ」

「……星詠みっていうのは、凄いのね。そっか、分かっちゃうんだ……」

今度はレザが目を丸くする。もちろん、ユーリとの馴れ初めだとか、そんな話は何もしていない。

だが、メイアの透き通った瞳には、『何か』が映っているのだ。間違いなく。

「ちょっと待っててね。メイアさん、こちらに来てくれる？　幾つか、女の子のことを聞きたいの」

「？　うん、いいけど。女の子の、こと？」

釈然としない様子のメイアを連れ、いそいそと個室に入るレザ。生理のような「女の子のこと」を聞き出すためである。

10分ほどして戻ってきたレザは、腕を組んで考え込んでいるようだった。

「ううん、ちょっと時期的には、微妙なところね。でも念のため、しばらく離宮で暮らした方がいいかも」

「いいの？」

「いいわよね？」

「も、もちろん！」

勇者付き相談役。時に決定権もある。

こうしてメイアは離宮に暮らすようになり、あっという間にマスコット的存在になった。

なにせ、年頃の女の子達は占いが大好き。それを人形のような美少女がするのだから、人気も出るというもの。

ただし、女の子の周期がどうあれ。

「ユーリ。また、切なくなった……」

「そ、それじゃ、今夜は念入りに解消しよっか……」

なんてことをしてれば、結果はお察しである。

墓穴を掘るのが上手な勇者だった。

なお、こんな顛末は、当然のようにパーティー仲間にばれた。

具体的には、ギルドへの報告時である。

離宮に同棲なんてことは隠しても、女の子が頬を赤く染め、ぴとっと身を寄せてれば。何が起きたかなど、火を見るより明らか。

「ギルティ！」

「うぎゃーーーー！」

エレミアの本気のアイアンクローを食らって地獄を見る勇者。繰り返すが、エレミアの物理攻撃力は、パーティー随一。

あんな生け簀より、こっちの方がずっと凶兆の星っぽい。

「『ヤリチ〇』」

ルキウスとアガメムノンは、じとっと白眼視である。

そして、受付嬢のソニアはといえば、

「ユーリさん？　依頼主さんとの関係は、個人の自由ですけれど。出会ってすぐ、というのは、人として少しどうかと思いますよ？」

大変に長いお説教を始めるのだった。

確かに、不吉な予言は吹き飛ばして欲しかったが、モラルまで吹き飛ばしてこいとは言ってない。

依頼の報告を聞いても、遺跡に行ったら既に壊れてたとか、魔物生け簀があったとか、ジビエ肉パーティーをやったとかで、まるで要領を得ないのだ。

ソニアは頭が痛かった。

「まったく……あーあ、でも、このヤリチ○を送り出したのは、この私！　お詫びに、このベーコンを全部上げるわ！」

「……エレミア。ありがとう。またみんなで、ジビエ、食べたい」

「いいのう。今度は、そこの種馬をこき使って、飛びきりの地走り鳥料理はどうじゃ？」

「そうであるな。そこの淫魔の奢りで、タダ酒と行こうではないか」

「ぐ、ぐぬぬぬっ、何も言い返せないっ……！」

結局、何しに行ったんだろ、この人達。

苦労性の受付嬢は、はぁっと大きくため息を吐くのだった。

第四章　ルナリア王女のＪＫ計画

離宮の住人達は、大きく分けて３パターンに分類出来る。

まずは、ルナリア王女を筆頭とするやんごとなき身分のグループ。正真正銘のお姫様に、貴族のご令嬢達だ。

ちなみに全員、肉体関係を持ってから離宮に来ている。

続いて、王家公認で「お手付き」候補にされていたメイドさん達。こちらも、若くて綺麗どころばかり揃っている。

最近になって、めでたく全員がお手付きになった。

最後に、勇者が自分で連れてきた女の子達。勇者付き相談役のレザを筆頭に、聖女様や星詠みの乙女と、多様な面子である。

そんな離宮で、色んな調整に回っているのは、貴族令嬢の派閥リーダー。ドミニナ公爵家の息女、ヴェラ・ドミニナ。

何かとホホホと高笑いの、悪役っぽい女の子だが、大変に性格がいいことで評判だ。

さて、そんなヴェラはどうしていたかというと……

「あん、勇者様っ、そんな乱暴になされては、わたくし、もう……！　あん、ふぅうっ！」

豪奢なベッドの上で、オナニーに励んでいた。

何せこれだけの人数を擁する大ハーレム。タイミングが悪いと、一週間くらいご無沙汰になることもある。

若くて健康的な乙女に、これはキツい。カラダを持て余してしまっても、仕方のないこと。

そこで、扇情的なランジェリー姿でムードを高め、暴発した勇者に乱暴に犯される想像をしながら、シーツを食んで秘所を弄っていたのだった。

公爵家の娘として、礼儀作法に政治のイロハも教え込まれた淑女であるが、オナニーは結構激しい。

四つん這いになり、全身をくねらせて、割れ目をくちゅくちゅ愛撫しては、あられもない嬌声を発していた。

離宮の壁は厚いので、これでも隣室には「殆ど」漏れない。

逆に言うと、ドアに耳を当てたりすれば、けっこう聞こえる。

「わ、ヴェラ様……溜まってるなあ……」

たまたま掃除に来ていたメイドさんが、ノックに反応しないので不審に思い、聞き耳を立てれば、大当たり。

ドアの向こうから聞こえてくる、くぐもった喘ぎ声。勇者とは別の場所ですれ違ったばかりなので、オナニー中だと察してしまう。

日頃の人徳というのは、こういうとき役に立つものだ。

すっと踵を返し、探し出すのは勇者の姿。ほっつき歩いているユーリを見つけるのは、大した手間ではない。

　慌てた様子を取り繕って、こう伝える。

「あ、勇者様っ！　あの、ヴェラ様のお部屋から、辛そうな声が聞こえて……様子を見に行って頂けませんか？」

「なんだって！　すぐ行く！」

　何だかんだ、情の深い勇者なのだ。飛ぶような速さで、とはよく言うが、実際足が地面に付いてなかった。

　超特急でヴェラの部屋に飛んでいき、ノックもせずに扉をバタンと開く。

「ヴェラ、大丈夫っ!?」

「勇者様、ふぁ、勇者様ぁああぁ……って、ひゃんっ!?」

　ユーリが部屋に飛び込んだのは、まさに快感の絶頂。シーツから口を離し、エクスタシーの嬌声を迸らせていた、その瞬間だった。

「あ、うう、いやぁっ……！」

「え、ちょっ、ご、ゴメン！」

　悲鳴のような声を上げ、シーツを被って隠れてしまうヴェラ。

　予想外の事態に、ユーリはフリーズして、しばらくそのまま突っ立っていた。

　先に復帰したのは、ヴェラの方。といっても、顔は隠したまま、消え入るような声で弁明を始めた。

「申し訳ありません……お見苦しい姿を、見せてしまいましたわ。勇者様、お笑いになって。わたくし、勇者様を思って自分を慰めるような、気持ちの悪い女ですの」

プライドの高いお嬢様らしくない、自嘲と自己嫌悪に満ちた言葉。

ユーリは、良かれ悪しかれ、こういうのは放っておけない男だ。すぐさまベッドサイドに歩み寄ると、シーツを被る手を強引に取ってぎゅっと握りしめる。

目を丸くして顔を出すヴェラの、涙に潤んだ青い瞳。それをじっと、熱を込めた視線で見つめ、真剣そのものの顔で力説する。

「そんなわけないいっ！　俺のこと想像して、オナニーしてくれるなんて……感動したよ！　生まれてきて良かった！」

「え？」

「俺、えっちな女の子、大好きだからっ！　もし我慢出来なかったら、いつでも声をかけて！　絶対協力するるっ！」

色々と下心がどストレートな告白。当事者同士は真剣だが、客観的に見ると大変にアレな光景だ。

「ていうか、今すぐ協力したいっ……！」

「そんなっ、勇者様……♡」

嫋やかな手を力強く握りしめられ、ぽっと頬を染めるヴェラ。

視線をずらせば、もっこり盛り上がったズボンが、『協力させて』と訴えていた。

男は口で嘘をつけても、下半身で嘘はつけない。勇者の言葉が100％本心だと理解して、ヴェラはほっと安堵した。

男性を色仕掛けで落とすのは、貴族の手練手管だ。だが、男性を想って自分を慰めているところを見られるほど、恥ずかしいものはない。

それを力強く肯定されて、ヴェラの心には彼女の知らない感情、『甘え』と呼ばれるものが芽吹いていた。

勇者様なら、どんなはしたないお願いでも、聞いてくれるのでは？

もちろん、大当たりである。

「それでは、その……ご協力下さいますか？」

「もちろん！　俺に任せて！　ヴェラがして欲しい風にするから！」

しかも、『お願い』しようとしたことを、先回りして言ってくれる勇者。いよいよ盛り上がってきたヴェラは、貴族令嬢の慎みを棚上げしてしまう。

「勇者様……どうか、後ろから抱いて下さいませ」

自分から四つん這いに戻って、お尻をフリフリ。白い指を割れ目に添えての、おま○こくぱぁ。

これには勇者も大喜びの Win-Win だ。

ぱっと服を脱ぎ捨て、ベッドの上に飛び乗り、すぐさま協力の準備完了である。

「じゃ、じゃあ、頂きますっ」

「はぅううっ♡　ああっ、おち○ちん、入ってきますわっ！」

すっかり出来上がって、おち○ぽ待ちだったおま○こに、ぬぷぬぷずぷり。驚くほどスムーズに、根元までずっぽりハメて、ぱちゅんと下半身をくっつけっこ。

ぷりぷりの膣が、竿をきゅんきゅん締め付けてくる。

勇者にとっては、もう、この世の天国。

おほっと間抜けな声を出し、とても人には見せられない、だらしない顔になってしまう。

そうして熱く蕩ける密着感を味わっていると、もぞもぞ切なく腰を動かすのは、女の子の方で。

「あんっ、勇者様、後生ですわ……もっと、乱暴にして下さいませ。ケダモノみたいに、乱暴に」

「え？　ケダモノみたいって、その……いいの？」

「はいっ！　そ、その、わたくし……そういう風にされるのを想像して、股を濡らしていた、はしたない女なんですの……」

ゾクゾクッと背筋が震える。

金髪碧眼の美少女令嬢であるヴェラは、スタイルも大変によろしい。

非の打ち所がないまん丸バストに、きゅっと絞り込まれたウェスト、ぷりんぷりんのヒップ。

グラマーなSの字ボディは、海外のモデルさんみたいである。

それが自分を想って股間を濡らすだけではなく、進んで後背位で腰を振り、その上乱暴にパンパンされたがるなんて。

深い感動を味わいながら、ユーリはズドンと腰を打った。それはもう遠慮のない、ハンマーのようなピストンだ。17歳の子宮が震え、白い裸体がくねって悶える。

「ひゃううっ！　あんっ、いいっ、これ、いいのぉっ……！」

「ううっ、俺も最高っ……」

力ずくのピストンのため、少女の腰をガッシリ掴み、逃がさず固定。美麗な肢体をバラバラにする勢いで、ズンズンと腰を打ち付け、デリケートな粘膜を激しく摩擦。

うねる膣肉をかき分けて、子宮口を激しく突いた。

「はぅっ、あああっ、凄い、凄いですわっ……息、息が出来ないくらいっ……♡　夢に見たままですのっ」

ヴェラはもう、息も絶え絶え。シーツを激しく掻きむしり、口をパクパク開いて空気を吸い、あられもない嬌声を上げ続ける。

ユーリはリクエストされるまでもなく、動物に戻ってパコパコしていたが、そこに更なる『お願い』がやって来た。

「もっと、わたくしを、モノのように扱って下さいませ……！　髪の毛を引っ張って、俺の子を産めと、命令して下さいましっ」

「え、い、いいのかな……じゃ、じゃあ、このスケベ女めっ、俺の子供を産ませてやるっ！　一緒に子孫繁栄するぞ！」

「あん、もっと、もっとぉっ！」

「え、もっと？　え、えーと……このこのっ、こんな気持ちいいおま○こして！　俺の子供が欲しいんだろっ！　ニートの種で、貴族の跡継ぎ作ってやるっ！」

「はい、そうですわっ、いと高きニート様の血を、ドミニナ家に下さいませっ！」

「へ？　あ、うんっ」

思わぬ反応に、一瞬素に戻った勇者である。

なんか色々、認識の齟齬があるようだった。

異世界の称号、ニート。ヴェラの脳裏には、王家すら凌ぐ、救世の英雄に相応しい称号として認識されている。

ユーリ的には、「ゲヘへ俺みたいな下種の子を宿すなんて、可哀想になあ」という陵辱ゲー展開を演じたつもりなのだが。

なぜか、俺様王子がヒロインを襲う乙女展開に変換されてしまっていた。

異文化交流は難しい。

一方、異性間の性器交流の方は佳境に入り、クライマックスに近付いていた。

こっちの交流は非常にスムーズに進んでおり、デリケートな部分が熱く擦れ合い、結合部からじゅぷじゅぷ愛液が滴っている。

「ああ、もうイクっ！　絶対逃がさないぞっ、俺の赤ちゃん作ってやる！」

「赤ちゃん、赤ちゃん作りますっ！　はぁんっ、勇者様のお種、わたくしの中に、吐き出して下さいませっ！」

「くう、締まるっ……！　おふっ、くううっ」

どぷっ、びゅるびゅるっ！

股ぐらが焼けるような熱さの中、坩堝と化したヴァギナに迸る、夥しい量のザーメン。

細いウェストをがっちりロック、ぷりんとしたヒップに腰を押し付け、びゅーびゅー中出しを決めて、ユーリはうっとり口を開いていた。

もう、馬鹿になるくらい気持ちがいい。

しかし、興奮と一緒に精子を吐き出していると、段々頭が冷めてくる。そして、あれ？　逃げ出せなくなってるの、俺の方じゃね？　と気が付いた。

いつもながら、気付くのがちょっと遅い。

「あんっ……勇者様のお種が、いっぱい入ってきますわ……あっつい……♡　わたくし、元気な赤ちゃん産みますっ♪」

「え、えへへ……」

そんな健気なことを言われたら、愛おしくてきゅっと抱きしめてしまう。

そうしてユーリは、益々逃げ道を失っていった。

一週間もお預けされた、水も滴る美少女。その健康的なカラダは、性行為を求めて疼き続けている。

「お許し下さいませ、勇者様……わたくし、淫らな女ですの」

「許す、全力で許すよっ！　っていうか、これ、超気持ちいいっ……！」

ベッドの上で、勇者の股ぐらに顔を埋め、愛おしげにチ○ポを舐める金髪令嬢。

勇者のモノはすぐに凶暴さを増して、少女の舌に先走りを垂らしていた。

それをペロペロ、丹念に舐められたら、勇者はもう。

「つ、次は、どうして欲しいかな。俺、進んで協力するからさ……」

「うふふ。それでは、わたくしを組み伏せて、押し潰すようにのし掛かって下さいますか？

身動き一つ取れないわたくしに、容赦なくお種を付けて下さいませ」

「りょ、了解っ！　いくよっ！」

「きゃっ♡　勇者様、強引なのも素敵ですわっ♪」

しわくちゃになったシーツの上に、優美な裸体を縫い付けて、男根をズブリ。

カエルみたいにのし掛かって、ユーリは種付けプレスを始めるのだった。

§

王都から少し離れたところにある平原。

駆け出し冒険者であるリリーとルウィは、先輩冒険者の馬車に相乗りして、大自然を満喫していた。

安全な採取依頼を受けての帰り道。のんびりした道のりで、欠伸をしつつ、他愛もない世間話に興じる。

「へえ、嬢ちゃんは、あのクライン商会の娘さんか！　そいつは驚いた。なんでまた冒険者なんか？」

「ははっ、ボク、ずっと病気で寝込んでたんだよ。それで、冒険者の皆のお話を聞くのが、一番の楽しみだったんだ。パパがね、こうして元気になったんなら、好きなことをやりなさいって」

「それで冒険者か。また随分思い切ったなあ」

「凄いわねえ」

馬車を操るのは、30過ぎの冒険者夫婦だ。夫は戦士で、妻は魔法使い。

もう子供も10歳になるということで、「冒険者になる！」と意気込んで困っているそうだった。

「本当は、もっと安全な仕事をして欲しいのよね」

「ああ。この稼業は、安全第一と言っても、何が起こるか分からんからな」

「親心じゃのう。わしも、子を宿したら、そんなことを思うんじゃろうか……ふふ、ぐふふ、じゅるり」

「る、ルウィちゃんは、まだちょっと早いんじゃないかな？」

「ルウィ、焦らなくても大丈夫だよ。ボクの見立てでは、ユーリも満更じゃないと思うし」

「だ、だだだ、誰があの坊主のことを言ったのじゃ！　そ、それは、ユーリ坊主は魔力も高いし？　その、わしのことを、情熱的な目で見てるけども？　も、ももも、もしじゃよ、仮に坊主とわしが結ばれたら、わしらのパーティー、スティック姉妹《シスターズ》になってしまうのじゃ……」

割と酷い下ネタに、夫婦は思わず苦笑い。何せ喋っているのは、見た目12歳くらいの幼気な女の子である。

そのユーリなる人物には、子供を近付けないようにしよう。そう誓うのも、親心であった。

「それこそ今更じゃないか。それに、ボクはユーリを愛しているけれど、ルウィのことだって大好きさ。それなら、みんなで愛する人を共有しても、悪いことはないよね？」

「う、ううー、わしは賢者じゃし、そういうのあるって、知ってるけども……！　当事者になると、混乱してしまうのじゃ……」

「ふふっ、ルウィは可愛いなあ。そうそう、ソニアから聞いたんだけど。ユーリってば、星詠みのメイアって娘に手を出したらしいよ。流石だね」

「はあ!?　また増やしたのか、あの坊主！」

「もうメロメロだったって。流石は恋の名手だね。ボクも見習わないと」

その男とは、縁を切った方がいいぞ。

冒険者夫婦の喉から、そんな言葉が飛び出そうになる。話を聞くに、ユーリなる人物はひどい男だ。

12歳のルウィに欲情するロリコンで、リリーには手を出していて、なおかつメイアという娘にも手を出し、平然としている。

さて、どう切り出したものか。夫婦がアイコンタクトを取っていた、そのときだった。

「ん？　リリー、モンスターじゃ」

「へえ、モンスターかい？　何事もなく終わる依頼って、中々ないものだね」

突如、二人の放つ空気が変わる。

ベテラン冒険者の夫婦をして、『何か』が違うと感じさせる、圧倒的な気配。

二人がじっと睨み付ける、平原の向こうから。足音を立てて駆けてくるのは、オーガの戦士だった。

「まずい、あれはオーガだ！　俺と妻で足止めをするっ、嬢ちゃん達は逃げてギルドに連絡を！」

「クライン商会には、私達が足止めしたって伝えてね！」

割と現金だが、顔は真剣な夫婦である。

なにせ、オーガは強力なモンスター。その強さはまちまちだが、Cランクでも油断出来る相手ではない。

厳しい戦いになるだろう。思わず、汗が頬を伝った。

が、リリーは呑気な顔で。

「オーガかあ。ねえ、ちょっとボクに任せてくれないかな？」

「ああ、丁度いいのじゃ。ちょっと手加減……じゃなかった、武術を練習するのじゃ」

「え、ええっ！　嬢ちゃん、ちょっと、あれはオーガだぞ！　嬢ちゃんはまだ、Fランクだろう！」

「ううん、まあ、そうなんだけど。ちょっと、戦い方の練習が必要なんだよ。大丈夫、いざとなったらルウィがサポートするから」

ヒラヒラ手を振り、モンスターの前に出てしまうリリー。冒険者夫婦は、手に汗を握り、その様子を眺めていた。

吹きすさぶ風の中、美貌のヴァンパイア・ロードとオーガの戦士が相対する。

緊張する夫婦には悪いが、見る人が見ると、弱いものいじめみたいな構図だった。

「しいっ！」

リリーの放つレイピアの刺突が、オーガの胸に吸い込まれていく。

疾風の如き速さで放たれた、心臓を一突きする、死の一撃。蝶のように舞い、蜂のように刺す、エレガントな攻撃……の、はずだったのだが。

ぐしゃりっ！

あんまりよろしくない破砕音である。

オーガの胸に、大砲でも撃ったみたいな大穴が開いた音だ。

武器の体積とダメージの大きさが、全然一致していなかった。レイピアは当然のように、尖端が砕けている。

「……は？」

「……え？」

あの心配は何だったのか。冒険者夫婦は、ポカンと口を開き、間抜けな声を出してしまった。

Fランク。Fランクとは一体……

「あーあ、またなのじゃ。のうリリー、レイピアは諦めて、戦斧でも使ってみぬか？」

「うう〜〜っ！　ボク、クールな剣士キャラで決めようと思ってたのに！」

駄々をこねるリリーの叫びが、大空に響き渡る。

駆け出し冒険者の二人は、まだ武器選びも終わっていないのだった。


「はあ……薬草集めの帰りに、なぜかオーガに出くわした、と」

「そうなんだよ、ソニア。ああ、ボクはどうすればいいんだ……またレイピアを壊してしまって……」

「素直にウォーハンマーでも使えばいいと思いますよ？」

ソニアは大きくため息を吐いた。

新人冒険者である、リリーとルウィ。無理はしない、安全な依頼だけを受ける、とあれだけ言っていたのに。というか、実際変な依頼は受けてないのに。

この二人、なぜか、トラブルを磁石のように引き寄せるのだ。

しかも、毎度毎度、ゴリ押し力押しで解決してくる。どこかのトラブルメーカーズにソックリな思考回路である。

そろそろEランクに上がるのだが、実績だけ見ると、Cランクでも不思議はない。

「ねえ、綺麗な人。ボクの傷ついた心を、慰めてくれないかい……？」

「ちょ、ちょっと、見つめないで下さい！」

受付嬢の手をぎゅっと、包み込むように握りしめて、切なげに見つめるリリー。白昼堂々、ギルドのど真ん中でのナンパであった。

「こほん。とにかく、危険な魔物に出会ったら、まず撤退。そしてギルドに報告です。無茶はしないで下さいね」

「ふふっ、心配してくれてるんだ。優しいね、ソニアは」

「……のうリリーよ。何でもかんでも、女を口説くネタにするのは、良くないと思うのじゃ。ところでソニア、撤退する前に一発くらい、魔法の試し打ちするのはアリじゃろ？　ほれ、あんまり使ってないと、ストレスが溜まって良くないし」

「ルウィさん。魔法使いは、火力をコントロールするのも、能力のうちですよ？　街の外にクレーターを作ったのは、いつのことでしたっけ？」

「あ、あれは反省してるから！　ほら、一発だけ！　一発だけなら、いいではないかっ！　たまにはどデカい花火をお見舞いしたいのじゃーー！」

巨人並みのパワーを誇るヴァンパイアに、火力が正義のトリガーハッピーな魔法使い。先が思いやられる二人であった。

一方。

あんまり褒められない先輩冒険者、トラブルメーカーズ一行はというと。

「ぐぬぬ、逃げるでない！　よ、余は怖くないぞー。ほら、暗闇の王たる余はとってもフレンドリー。さあ来るのだ」

「ちょっと、不死女王たる私にその態度はなに!?」

嫌がる馬を相手に四苦八苦していた。

馬車の後ろに収まってる分にはいいのだが、いざ乗られると、そこは伝わる存在感。馬は怯えるし、へたり込む。

教師役のイレーネは苦笑いするばかり。

「え、えっと……」

乗馬の方法を教えて欲しい、と勇者に言われて来たものの。

なぜか、救世の英雄一行が勢揃いである。

大いにビビったイレーネだが、その本性を直に見て、「ああ、勇者様の友達なんだな」と変に納得してしまった。

そして聞いてた話の通り、食堂でエール飲んでそうな面子だな、と理解した。あんまり実感したくなかった、世界の真実。

「わし、乗っけてもらえないんじゃけど」

「俺は振り落とされたー！」

そして乗馬については、誰一人、スタートラインにすら立ててない。

大いに先が思いやられる展開である。

「……皆さん。まずは馬を優しく撫でて、怖くないよと伝えてあげて下さい。この子達、みんな怯えてるんです。馬って、臆病な生き物なんですよ？」

「よーし、ほれほれ、わしはお主を食べたりしないぞー。だから乗っけてくれんかのう」

「余の愛馬とならば、暗黒大陸の荒野を走れるぞー。ちょっとモンスターは出るが、いいところなのだ」

「ネクロポリスなら、アンデッドどもが大事に世話をするわよ！」

結局、馬が四人に慣れるのに、一日を費やすのだった。

乗馬マスターへの道は、まだまだ遠い。

§

離宮はとても平和な場所である。

それは救世の勇者がいるから、というだけでなく。女の子達がおしなべて善良で、出来た子ばかりだから、という話でもある。

そんな離宮にも、隠された秘密の顔があった。

「では、今日の勇者様会議を始めましょう」

王女ルナリアが開く、秘密のヴェールに包まれた会合。勇者様会議の存在である。

「ええっと……昨日、掃除をしながら、勇者様とお話ししてたんです。そしたら、何というか、そういうムードになっちゃって。そのまま、おろしたてのシーツの上で……きゃっ♡」

「ふーん。お掃除中にお手付きになる娘が多いのね。やっぱり、メイドさんにムラムラするのかしら」

「きっとそうだと思いますっ！」

勇者様会議。お手付きになった娘が、ルナリア王女に情報提供をする場である。

今日の報告者は、メイドのニコレット。ゆるふわ系の、お淑やかな美少女だ。しかし非常に生々しい性体験を話すので、勇者の床事情についての、重要な情報源である。

ちなみに集まった情報は、黒い表紙の「勇者様ノート（マル秘）」に余すところなく記録される。正に恐怖の黒歴史ノートだ。

公開されれば、勇者の命は（社会的に）ない。

というか、存在自体が致命傷なノートである。

「それと、昨日はちょうど……その、危ない日で。勇者様がお情けを下さるときに、『今日、危ない日なんです』って言ったんです。そしたら、とっても慌てて、『ヤバイ、ヤバイよそれっ！』って仰るんですが、お大事の方はムクムクって大きくなって！　腰を掴む手は、もう物凄い力強さで。ガッシリ掴まれて、そのまま……♡」

「やっぱり、赤ちゃん作りたいのかしら」

「そうだと思います！　とっても興奮なさってました！」

ぎゅっと拳を握り、目を輝かせて主張するニコレット。

ルナリアはペンを滑らせ、日付と共に『ニコレット危険日。勇者様子作りをする。早めに出産サポートの準備をすること』と入念な計画を書き込んでいく。

こと外堀を埋めることに関して、ルナリアの右に出る策士はいない。

横で聞いていた、勇者様会議のオブザーバーであるレザは、ヒクヒク唇を引き攣らせていた。

「い、いいのかしら、これ……来年は、凄いことになっちゃいそうだけど……」

「ユーリ、とっても大きな星。色んな星、連ねて、新しい星、たくさん生まれる。運命」

「……坊やも苦労しそうね」

つい最近、会議に加わったのは、星詠みの乙女のメイア。占い師である彼女は、この会議に打って付けのメンバーである。

「ねえねえメイアちゃん、わたし、勇者様の赤ちゃん、産めるかな？」

「まだ、分からない。ユーリ、星が大きすぎて、運命、隠れる。でも、新しい星生まれるのは、間違いない」

「そっかあ……よーし、わたし、これからも頑張るねっ！」

やる気いっぱいに部屋を出るニコレット。

続いて入ってきたのは、商家の娘であるレジーナだった。

この会議には何度か参加しているが、なにせ王女直々のお呼びである。緊張しながらやって来た。

「し、失礼致します……王女殿下におかれましては、ご機嫌麗しく……」

「ふふっ、固くならなくて大丈夫よ。同じ、ユーリ様を愛する仲間じゃない？」

「王女様……」

にっこり笑って、悪戯っぽくウインク。それで場の空気を、あっさりと緩めてしまう。

本人にあまり自覚はないが、ルナリアには人たらしの気があった。

緊張のほぐれたレジーナは、安心して献上物を差し出した。それはこの世界では、非常に新奇に見える衣服である。

「こちらが、勇者様の書かれたスケッチを元に作りました、『ＪＫ制服』で御座います」

「これが、異世界の巫女、『ジョシコーセー』の法衣なのね。風変わりだけれど、実用的なデザインだわ」

「動きやすいとは思います。その、スカートは、少々……いいえ、かなり、短すぎると思いますが……」

「異世界にも、ミュトラス女神様のような、愛の女神様がおられるのかもね」

文化汚染もいいとこだった。

幸か不幸か、ユーリは意外とスケッチが上手い。恋人とのピロートークで、『勇者様の言う、ジョシコウセイって、どんな服装をしているんですか？』なんて聞かれたら、ついついスケッチしちゃうのだ。

渡す相手のレジーナは、服飾製作のプロである。そんなもん渡せば、結果はお察しであるが、行為直後のユーリでは、そこまで頭が回るはずもなく。

「ジュリエットからも聞いているし、私自身も何度も聞いているけれど。ユーリ様は、本当によく『ジョシコーセー』について話しているわ。きっと、元の世界に残してきた、一番の未練なんじゃないかしら」

「勇者様……やはり、元の世界を懐かしんでおられるのですね……」

しんみりしたムードが部屋を満たす。特注のＪＫ制服を手に、ルナリアは決意に満ちた目で宣言した。

「この未練は、わたし達で晴らすべきよ。まずは、私が使ってみるわね」

離宮に潜む影、勇者様会議。平和な離宮の裏では、かように恐ろしい陰謀が繰り広げられていたのである。

さて、一方勇者はどうしていたかといえば……

「おおー、これはいいワインだなあ」

呑気に酒を飲んでいた。

手酌をしながら、上品なチーズをツマミにまた一杯。

仕事もせずに一日を過ごし、なのに美味しい夕飯が出て、オマケに最高のお酒まで。もう帰る気とか、湧いてこなくなっている。

というか、ダメ人間になりすぎて、戻れる気がしなかった。

最初こそ、『ネットもコンビニもない世界で暮らすのは……』と思っていたが。三食ご飯の昼寝付きに、アイドルみたいなメイドさんが、上げ膳に据え膳だ。

ネットとコンビニがあっても、こんな生活は送れない。

そんな決意に、ルナリアが最後の一押しをすべく、やって来ていた。

§

トントン。

ノックの音に反応して、ユーリはちょっと期待しながらドアに向かった。

時間は夜。いつもの流れでは、お夜伽の時間である。

「はーい」

「こんばんは、ユーリ様っ♪」

「なっ……!?　ルナリア、その格好は……！」

ユーリは完全に硬直した。驚きの余り、目を丸くし、これでもかと少女の姿を凝視してしまう。

その衣服は、ああ、何ということだろう。

紺のブレザー。白のワイシャツ。赤いリボンタイ。

そして、チェック柄のミニスカート。

そう。

それは元の世界に置き去りにした、男の夢。ＪＫ制服だった。

「どう？　ユーリ様がよく話す、ジョシコーセーの服を作ってみたの♪　感想は……えへへ、聞くまでもないかしら？」

「凄い……こんなの、奇跡じゃん……」

ルナリアは、ファンタジー世界のお姫様である。

その髪は輝くアッシュブロンド。アイドルグループのセンターは取り放題だろうと思わせる、美しい顔。

豪奢なドレスを身に纏えば、誰もが認めるプリンセスだ。ユーリも、初めて会ったときは呆気にとられてしまった。

それが着こなす、女子高生の制服ファッション。プリンセスが女子高生。こんなのあっていいのだろうか。

「お邪魔しまーす」

「あ、うん」

固まるユーリの横を通り、ぽすっとベッドに腰かけるルナリア。

フリーズしたまま、何とかドアを閉めると、ブリキ人形のような足取りでベッドに戻り、隣に腰かける。

永久に失われたはずの、青春の一ページ。女子高生と部屋に二人っきりという甘酸っぱいシチュエーション。

ユーリは大変に挙動不審だったが、ルナリアは別の意味でビックリしていた。

（こ、効果ありすぎね、これ……！）

横に座るユーリが、それはもうチラチラチラと、忙しなく視線を向けてくるのがハッキリ分かる。脚はもじもじしてるし、『押し倒したい！』と思っているのは、確定的に明らか。

ならば、もっとダメにしてくれよう。

「あ、このお酒、どうだったかしら？　熟成ものの、良いワインだと聞いてたんだけど」

「う、うん、凄く美味しかったよ」

「そっかあ……ふふっ、ユーリ様にはね。人生のお楽しみを、ぜんぶ用意してあげたいの。美味しい食事に、いいお酒。それに、可愛い女の子……♪」

「あっ」

勇者の首に腕を絡み付かせて、甘くキスする。男をダメにすることにかけては、自信があるルナリアである。

何度か唇を重ねて、切ない表情を作ってみれば、ユーリは完全に出来上がっていて。

「ね、ねえ、触っていい？」

「ふふっ、いまさら？　わたしとユーリ様の仲だもの、いつでもどうぞ♡」

自分からスカートを持ち上げて、ピラピラ中をチラ見せするＪＫ姫。

大変に事案なシチュエーションに、勇者の興奮は最高潮である。

「わ、すべすべっ」

「んっ」

さわさわ。なでなで。

十代の瑞々しいふとももを、執拗なくらいにいやらしい手つきで撫で回す。

「ルナリアっ」

「きゃっ♪」

とうとう我慢出来なくなって、少女をベッドに押し倒す。

豊かなバストがブレザーを大きく持ち上げて、息づいている。

紅潮した頬に、潤んだ瞳。くりくりと大きな瞳。愛らしさと高貴さの入り交じる美貌。

勇者の震える指が、ブレザーを開《はだ》け、ブラウスのボタンを一つ一つ外していく。それをくすぐったそうに受け入れるルナリアだったが、一つ、気になることがあった。

「あれ、リボンは外さないの？」

「う、うん、それがマナーだしっ」

もちろん違う。

だが、ユーリの頭に選択肢はなかった。夢にまで見た、女子高生とのおセックス。服を脱がしてしまうなど、ありえない。

(これも異世界の慣習かしら。ジョシコーセーは、法衣を着たまま愛を捧げる、巫女なのかも知れないわ)

現代日本にあらぬ濡れ衣が着せられる中、ユーリの手は忙しなさを増していく。今やブラウスはすっかり開けられて、白くまばゆい肌に、薄いピンクのブラが露わになっていた。

発育のいい立派なバストが、ブラを窮屈そうに持ち上げて、むっちり悩ましい胸の谷間を作っている。

ちょっと強引にブラを持ち上げてやれば、ぷるんと弾み出る生おっぱい。

「はむっ、ちゅうちゅうっ」

「あんっ、ユーリ様ったら、赤ちゃんみたい♪」

ピンク色の綺麗な乳首にむしゃぶりついて、本能のまま胸を揉む。ヴァージンを頂いてからというもの、事あるごとに揉んできたおっぱいだ。

飽きる兆しは、一向に見られなかった。

むしろ今夜、女子高制服の魔力に当てられ、ユーリの性欲は最高潮。

瑞々しいおっぱいに顔を埋め、揉んで握って、際限もなく乳房に埋もれる。

「えへっ、気持ちいいよ、ユーリ様……でも、こっちも、弄って欲しいな……」

「あ……」

そっと手を握られて、すすっと導かれるのは、スカートの下。ショーツの下で、熱気を帯びて疼いている、女の子の大切な部分。

ユーリは身を起こすと、チェックのスカートを捲り上げ、ショーツの両端に指をかけた。うやうやしく、まるで大切な儀式でもしているように、ゆっくりとショーツを引き抜いていく。

ルナリアもお尻を持ち上げ、脚を上げて、下着を抜き取りやすくする。

そのセクシーな姿に、ユーリのモノははち切れんばかりに膨れあがり、結合することしか考えられなくなっていた。

「ルナリアぁっ……！」

「んんっ」

にゅぷにゅぷ、ずぷり。

先走りを垂らした男根が、濡れ濡れの割れ目にあてがわれ、粘膜を擦り合わせてはまり込む。

そこはもう、熱く濡れそぼった、地上の楽園。ぷりぷりの姫穴がお出迎えだった。

両脚を持ち上げたまま、肩の上に載せ、そこから少女にのし掛かり。半裸の制服姿を眺めながら、ぱちゅぱちゅと腰を打つ。

「あんっ、ユーリ様ったら、いつもよりおっきい……♡」

「こ、こんなカッコされたら！　俺、もう止まれないぞっ！」

夢のようだった。豪華なベッドの上、制服を着崩したＪＫプリンセスが、淫らな行為に身を任せ、あられもない声で喘ぐのだ。

パンパン腰をぶつけるたび、盛り上がった乳房がぷるぷる震え、リボンが頼りなげに跳ね上がる。

お姫様のやんごとなきおま◯こは、キツくても滑らかで、往復のたび、心地よく陰茎を締め付けてくる。遮るモノのない、直接的な結合だ。襞の一つ一つまで分かるような、生々しい感触にゾクゾクする。

「気持ちいい、これ、最高っ……！」

王家の柔穴を擦り上げつつ、ユーリはうっとり、高らかに快楽を叫んだ。愛する男の気持ち良さそうな顔に、ルナリアも嬉しくなる。

何度も肌を重ねるにつれ、ユーリへの思いが膨らんでいるのを、ルナリアは自覚しつつあった。

気負わずに話せるし、からかったり遊んだりも楽しいし、それに何よりも。こうして一緒にいるのが、とても自然なことに思えるのだ。

勇者を引き留める計画が、一国の王女としての意志なのか、一人の女の子としての気持ちなのか、自分でも区別が付かなくなっている。

「ふふっ。ユーリ様が気持ち良くなってくれて、わたしも嬉しい♡」

甘い言葉を囁けば、膣内でペニスが小刻みに震えだす。そろそろかな、と思った王女様は、両手を広げ、『おいでおいで』のポーズを取った。

勇者は体勢を変え、少女の脚を下ろすと、横たわった肢体へ覆い被さった。全身で密着するように抱き付いて、ラストスパートに入った、正にそのとき。

細い脚が、男の腰に絡み付いて。だいしゅきホールドの体勢で、耳元に危険な言葉が囁かれる。

「今日ね、すっごく危ない日なの」

「〜〜〜っ!?」

その瞬間。

大いに焦ったユーリだが、そのペニスは正直に、むくむく一回り大きくなった。姫ＪＫに危険日中出し。若くて綺麗で高貴な女の子を使い、自分の遺伝子を残す大チャンスに、下半身は元気にピストン。

が、上半身の方はというと、

「る、ルナリア、それは流石にヤバイって……！」

メイドのニコレットにも言われた台詞。現役のお姫様が口にすると、その危険度は三倍増し。

ロイヤルベビーを作ってしまう……！

ボテ腹でウェディングドレスを着たルナリア。王族の出来ちゃった結婚。出産。子育て。英才教育。

そんなところまで、一瞬で将来像が脳裏を駆け巡り、顔が一瞬硬直するユーリである。

ちなみに腰の方は動きっぱなしだった。ヤバいけど、興奮するものは興奮する。

そこへルナリアの嫋やかな手が伸びて、両の頬をしっかり固定。ずいっと勇者の瞳を見つめ、蜜のように甘ったるい、愛の言葉を囁きかける。

「ね、先のことなんて、忘れていいよ？　今は難しいことを考えないで。わたしのことだけ、見て欲しいな」

そうだ、今はルナリアだ。別のことを考えながら女の子を抱くなんて、それほど失礼なことはない……！

最高の言い訳を見つけたユーリは、再び少女に視線を下ろす。

お姫様ＪＫの、乱れた制服。奥深くまで、みっちりと男性器を埋め込まれ、乱れる吐息。

きゅうきゅう締め付けては、ロイヤルファミリーを作るべく、精を欲しがるえっちなおま◯こ。

「大好きだよルナリアっ、膣内に出すからっ！」

「んっ、来て、いっぱい出して！　元気な子ども、作りましょっ♡」

どくん、どくどくっ。

打ち放たれるのは、熱く煮えたぎった、男の精液。勇者の遺伝子をたっぷり乗せて、精子の群れがお姫様の膣内を泳ぎ出す。

止まらない。止められない。

下半身をすべすべのふとももに擦り付け、何度も何度も、沸き上がるザーメンをどくどくと注ぎ込んでいく。

抱きしめた少女のことだけを考え、一生懸命に繁殖活動。勇者の腰が収まるには、しばらく時間が必要だった。

「ふあ……さ、最高だった……」

「あはっ、良かった♡　こんなに興奮するなんて、ユーリ様って本当にジョシコーセーが好きなのね♪」

凄く肯定しづらい。

ここで素直に頷くと、サイテー男と自認する気がする。しかしユーリは、自分に嘘はつけない男だ。

「だ、大好き……！」

変態っぽく認めてしまった。そしてとうとう、ルナリアの一番欲しかった言葉を零してしまう。

「俺、感動したよ。こっちで女子高生とえっち出来るなんて……もう、帰んなくていいや」

「え……？」

ルナリアの大きな瞳が、驚きに揺れる。ユーリとしては、割と前から考えていたことに、止めが刺さった感じだった。

「そ、それに、流石にもう、責任取らないワケには行かないし……みんなさえ良ければ、こっちの世界に、残ろうかなって」

「〜〜っ！　ユーリ様っ！」

「ぬわっ!?」

感極まった王女様の、タックルめいた猛烈な抱き付き攻撃。ユーリは一瞬、ぐえっと情けない声を出した。

「ユーリ様、ユーリ様ぁっ……嬉しいっ、残って、残ってくれるんだ……！」

「ルナリア……」

泣きながら笑って、普段の余裕も消し去って、全身をすり寄せてくるお姫様。そのいじらしい姿には、流石に鈍感なユーリも思うところがある。

だから誤魔化し半分、少女の頭を撫でながら、あやすようにして話しかけた。

「俺、もう半年以上戻ってないし。大学の籍がなくなってたら、ホントにニートだもん。こっちで雇ってくれたら、助かるなー」

「ふふっ、何言ってるの？　ユーリ様はもう、侯爵なんだからっ……！　ずっと、ここで一緒に暮らしてくれれば、わたしはそれで、何もいらないのっ」

しゃくり上げるように言葉を紡ぐルナリアは、自分でも驚くほどの幸せでいっぱいだった。

元はと言えば、自分のハニートラップで引き寄せた結果。

半分は打算だと思っていたのに、心の奥から、圧倒的な感情が湧き上がってくる。

「大好きよ、ユーリ様っ」

「あ、ありがとっ……」

涙を拭きながら、にっこりと、花咲くような笑みを向けられて。ユーリはユーリで、ドキドキ甘酸っぱい気持ちになった。

さて。

こうして、ＪＫ計画は大成功に終わったのだが、そうなると、とんでもない勘違いも増幅する。

「ねえユーリ様。やっぱりジョシコーセーって、元の世界の巫女様なの？」

「ふえ？」

ピロートークでそう指摘され、ユーリは固まった。何だその勘違いは。

「ユーリ様、最後まで服を脱がさなかったでしょ。これってそういう儀式なのかな、って。その、身を捧げる気持ちを示す、異世界の慣習とか……♡」

「……ええっと。大いなる誤解があるようだから、ここで解消を図らせて頂きたいのですが。よろしいでしょうか、ルナリアさん」

「ふふっ、いきなりどうしたの、ユーリ様？」

「……女子高生ってさ、えっと、学校に通う学生のことなんだよね」

あれ？　とルナリアが小首を傾げる。

勇者の激しい興奮っぷりと、最後まで服を脱がさなかったところから、絶対特別な存在だと睨んでいたのだが。

学生となると、別にこの世界にもいるのである。

普通に王立学院とかもあったりする。優秀なら、平民でも通っている。

「じゃ、じゃあ、この服は？」

「制服って言って、学校に通う生徒は、同じ服を着る決まりなんだよ。それが、この服……再現度、殆ど完璧でビックリしたけど」

なんとも言えない空気が漂うが、そこはルナリア。すぐに頭を切り替え、勇者の斜め上を行く。

「それじゃあ、王立学園に制服を導入しましょう」

「へ？」

「デザインはもちろんコレでね。どうっ、女子高生、いっぱい出来るよ♪」

流石は王女様、やることがデカい。しかし、そんなことをすれば、『ＪＫ大好き勇者様』の悪名は、山火事のように広がるであろう。

下手をすると、歴史書に『勇者様は女子高生がお好き』とか書かれても不思議ではない。

残ったら残ったで、大いなる危機に襲われる勇者だった。

§

クライン商会の当主であるジャック・クラインは、最近常に上機嫌である。

何せ、苦しんでいた愛娘の持病が、魔法のようにすっかり快癒。

しかも今まで以上に健康体に——というかヴァンパイア・ロードなので実質不死身に——なったので、娘に好きなことをさせてやれる。

ということで、ジャックは激甘パパとなっており。同じくリリーの病苦を間近で見てきた執事は、やはり激甘爺になっていた。

そんな二人に、リリーが近況を報告している。二人とも、これ以上ないくらいニコニコ顔である。

「ははは、Ｆ級冒険者か。リリーも楽しくやれているようで何よりだよ」

「うん、毎日楽しくてしょうがないね！　でも、冒険者には冒険者の苦労があるって実感したよ。やっぱり本だけじゃ分からないなぁ」

大商会のご令嬢が、Ｆ級冒険者になったのだ。

それはもちろん、色んな苦労があるだろう。ジャックも心当たりは沢山ある。

しかし。

「あんなに武器がすぐ壊れちゃうなんて、知らなかったよ。Ｆ級だと、全然採算が取れないね」

「……それは私も初耳だな。そんなに簡単に壊れるのか？」

ちょっと苦労の方向性が違っていた。

確かにＦ級冒険者は、予算がないので粗悪な武器を使いがちだ。荒っぽい使い方に、未熟な技術。武器が壊れることもままあると聞く。

しかしリリーはクライン家の一人娘。執事から一級品が渡っているはずであるが――

「お嬢様には、先日、特注のレイピアをお渡ししましたが……あれでも、ダメでしたか」

もちろん執事が用意したのは、Ｆ級冒険者どころか、Ａ級冒険者仕様の代物だった。

クライン商会の特注品ということで、職人が何重にもチェックした高級品だ。

「ゴメン、オーガに振るったら、あっさり砕けちゃって」

「お嬢様!?　オーガと戦ったのですか!?」

「そうなんだよ。こう、狙いを定めて急所に一撃！　と思ったのになぁ。凄い大穴が空いちゃって……ルウィにもさじを投げられて、戦斧を勧められちゃったし……」

ふう、と物憂げにため息を吐くリリー。

何のことはない、ヴァンパイア・ロードの膂力に、普通の武器では耐えられないのだ。

「は、ははは……まあ武器くらい、いくらでも買い換えればよいですぞ、お嬢様。しかし……ううむ。今回のレイピアは自信があったのですが、こうも見事に砕けているとは」

よほど強い力がかかったのだろう。尖端がなくなっただけでなく、刀身にもヒビが何本も走っていて、今にもバラバラになりそうだ。

「こんなに壊し続けたら大変だもんね。よし！　ボク、レイピアは卒業する！　自分の足で、次の武器を探してみるよ！」

こうして、リリーの武器探しが始まったのだった。

§

「ご機嫌よう、愛しい人よ。実はみんなに、いい武器を教えて欲しいと思ってね」

「ほえ？」

冒険者ギルド。

昼間から酒盛りしてるトラブルメーカーズへ、颯爽と声をかけるリリー・クライン。

その後ろから、いかにも気だるそうな顔のルウィがやって来る。

「リリーのやつ、またレイピアを壊したのじゃ。そろそろ諦めて、棍棒でもハンマーでも使うのがいいのじゃ」

「そんなのやだ！　エレガントじゃないよ！　皆ならボクでも使える武器とか、当てがあるんじゃないかと思ったんだけど……」

「武器ねえ。当てはないけど、笑い話ならあるわよ。これが傑作でね――」

「ちょ、ちょっと待てよ、エレミア！　もしかして、もしかしなくても、あの話かよぅ！」

「武器と言えばあれしかあるまい。クク、あれはまさしく爆笑ものぞ」

「あれは悲しい出来事じゃったね――」


四人が語るのは、こんな話である。

邪神討伐の旅に出ていた頃。勇者ユーリは、魔法と肉弾戦だけで戦っていた。

途中、どこかの王様から「勇者様にふさわしい武器が眠っているのです！」と情報提供を受け、聖なる祠に向かうことになった。

そこには何と、伝説の英雄王が残したという聖剣が突き立ててあり、選ばれし勇者のみ、それを引き抜けるのだという――！

「お約束！　お約束じゃん！　異世界サイコー！　任せとけ、俺こそが選ばれし勇者――！」

「まー、認めたくないけど貴方、実力だけなら歴代最強でしょうね。さっさと引き抜いて帰りましょうよ」

「はあ、こやつのドヤ顔を見る羽目になるのか。憂鬱だな……」

「聖剣も、相手は選びたいじゃろうにのう」

散々な言われようだが、勇者ユーリのボンクラっぷりは、当時から遺憾なく発揮されていたのである。

さて、やって来たのは古びた祠。

そこには石造りの台座と、それに突き刺さった美しい剣があった。まさにお約束、引き抜かれるのを待つ聖剣である。

「やっほぅ！　これぞお約束だぜ！　皆見てろよ、俺が聖剣を引き抜く勇姿を……って、ん？」

いざ！　と柄を握りしめ、えいやと引き抜こうとした勇者。

しかし剣はビクともしなかった。

「あれ、おっかしいなー？　ん、ぐぬ、ぐぬぬぬぬ……！」

「おいアホ勇者よ、だんだん台座が持ち上がっておるぞ」

「ちょっと貴方、剣じゃなくて台座を引っこ抜くつもり!?　はははははっ、ダメ、お腹いたい……！　バカすぎでしょ！」

「周囲がミシミシ軋んでおるのう。あーあ、貴重な遺跡を破壊したのは、勇者の仕業じゃぞ。わし、しーらない」

フィジカル最強の勇者が、両手で剣を握りしめ、ふぬぬぬぬ、と引っ張ると。

台座の方が耐え切れずに、ズズズズ、と動き出す。

あまりにもアホっぽい光景である。

「ふ、ふー、ふーっ……！　こ、これはきっと、剣が錆びて石と同化してるんだな！　よーし、見てろよ！　こういうときは、うーん、超音波振動で岩を砕けばいいんだ！」

「ん？　ちょうおんぱ？　おい勇者、貴様、良からぬことを考えておらぬか……!?」

「よーし。行くぞ、即興魔法、ウルトラソニック！　多分動くと思うから試してみるぜ！」

ユーリの浅知恵はこうである。

聖剣そのものに超音波を帯びさせて、細かく振動させることで、周囲の岩を粉砕。

晴れてスッポリ剣が抜けるという、おまえ試練の意味分かってる？　という試練ハック。

これで剣が抜けると思ったユーリだが、現実は甘くなく。

ポキン。

無情な音と共に、聖剣が真ん中のところで折れてしまった。

ひどく気まずい沈黙が、その場に漂った、そのときである。

「愚かなり、忌々しい勇者ども。聖剣を取りに来るなど、最初からお見通しよ……！」

現れたのは邪神の使徒。

勇者一行が聖剣を手に入れるのを、阻止しようとしたのだろう。

が、肝心の勇者が、真ん中のところで折れた聖剣を握り、ポカンとしてるのを見て。

「……ん？　あれ？　それは……聖剣、か……？」

凄く怪訝な顔で首を傾げてしまった。

途端に、勇者以外の三人が、ゲラゲラと下品に大笑いし始める。

「はっはっはっはっは！　見ろ、あの使徒の顔！　こんなことってある？　と思っておるぞ！」

「確かにこれは、反応に困るでしょうね、ええ。まさか先んじて、聖剣が壊されてるとか……ぷくくっ」

「わし、何も見てないことにするのじゃ。あーあ、これは謝っても許されぬ大ポカじゃのう」

勇者はプルプル羞恥に震えると。

やがて逆ギレ気味に、こう叫んだ。

「うるせーやい！　そうだ、これも邪神の使徒のせい！　戦いの最中に折れたってことで、口裏合わせろ、こんにゃろーーーー!!」

「いや、折ったのは貴様らだろ!?」

こうして、邪神の使徒はとばっちりを受けつつ打倒され。

やってもいない聖剣破壊の罪を押し付けられるのだった。まさに外道の所業である――

「と、いうことがあったわけ。いやー、あれはホント傑作だったわね」

「アホユーリがしでかした失敗でも、十本の指に入るであろうな。しかも……」

「王様にいけしゃあしゃあと大嘘ついとったよね。なんじゃっけ、邪神の使徒の攻撃を防いだら、聖剣が折れたとか何とか」

「む、蒸し返すなよう……！　あれ、あっちじゃ国宝扱いされてるんだぞ！　俺もう、あの国に行けないよう……」

情けない声を出すユーリ。

「この話に教訓があるとすれば、だ。リリーよ、使い手が武器を選ぶように、武器も使い手を選ぶことがある。アホユーリのように、身の丈に合わない武器を選んでも、良い結果は生まぬのだ」

魔王がキリッとした顔で話を締めた。

確かに教訓のある話だが、じゃあどうしろというのか。

「何やら賑やかですね、皆さん？」

「「「げっ」」」

そこにやって来たのは、受付嬢のソニアだ。

怒られると思ったトラブルメーカーズ、揃って顔を硬直させている。

「ふふっ、こんなところで出会うなんて奇遇だね、綺麗な人」

「冒険者ギルドに来れば、受付嬢に会うのは当たり前ですよね？　リリーさん」

「コホン。それはさておき、実はボクに合う武器を探していて」

「リリーさんには、棍棒とかメイスがいいって、ギルド長も言ってたじゃないですか」

受付嬢のソニア。

リリーが木剣を振り回し、わら人形を木っ端微塵にしたところをバッチリ目撃している。

その後も、レイピアでオーガの胴体に風穴を空けたとか、恐ろしい報告が上がってきていた。

リリーが持つなら、もはや武器とかどうでもいい。何を振り回しても、当たったら死ぬだろ、くらいに思っていた。

「そう言わずに、ね？　ああ綺麗な人よ、ボクは未だ、運命の武器を探す途上なのさ……どうかその知恵を貸してくれないかい？」

「ちょっと、顔が近いです！　ああもう、分かりました！　いい武器屋さんを紹介しますから、そちらに行ってみて下さい！」

§

ということで、やって来たのは郊外の武器屋。

リリーとルウィが店に入ると、客は一人もいなかった。

静まり返った店内に、無骨な武器がいくつも置かれている。

人の身長ほどもありそうな巨大剣、長大なスピア、ロングボウ、そしてメイス。

対人ではない、対モンスター戦のみを想定した武器達は、飾り気も何もなかった。

ただ、相手を倒すこと。

それだけに特化した品々だ。

「うーん、質実剛健って感じだね！　もうちょっと、エレガントさがあれば嬉しいんだけど……」

「ああん？　おい嬢ちゃん、生意気言ってくれるじゃねえか？　ん？」

無人かと思っていた店内だが、どうやら店主が奥に引っ込んでいたらしい。

筋骨隆々のスキンヘッド、見るからに気難しそうな店主だった。

「おっと、これは失礼！　ボクはリリー・クライン、運命の武器を探す冒険者さ！　実は冒険者ギルドから、このお店を勧められたんだけど」

「はあ？　嬢ちゃんがか？　おいおい、後ろにいるのは子供じゃねーか。冷やかしはやめてくれ、帰った帰った」

「そう言わずに、この紹介状だけは読んでくれないかな？　冒険者ギルドからの紹介状さ」

「ったく、ギルドもヤキが回ったのか？　下らん依頼をよこしやがって……ん？」

引ったくるように紹介状を読み始める店主。

しかしその内容は、目を疑うようなもので。

「……はああ？　嬢ちゃん、クライン家のご令嬢か？　あ、いや、そう名乗ってたか……いやいやマジかよ。普通、病気が治ったからって、冒険者にはならねえだろ」

「ま、まあ、色々あってね……」

店主はジロジロとリリーを凝視した。

白黒ツートンカラーのゴスロリ衣装に身を包む、金髪の美少女。しかも日傘まで差している。

どう見ても、冒険者をやるような格好ではない。

「日傘なんて差してよう、見るからにひ弱じゃねえか。肌もえらく白いし、武器なんぞ握れそうにないけどな……試しに、適当な武器を持ってみな」

「じゃあ、これでいいかな？」

リリーが選んだのは、よりにもよって、身長の2倍はありそうな長い槍だった。

それをひょいと持ち上げてみせるリリーに、店主が目を見開いた。物理法則に喧嘩売ってるような光景だ。

「マジか。嬢ちゃん、一体どんな腕力してんだ？　そりゃ、相当な剛力じゃねえと持てないはずだが……」

「ちょっとワケありでね。ちょっと力が付きすぎちゃったみたいで……あはは」

「はあ。紹介状にあった、訓練場でわら人形をぶっ飛ばしたって話も、どうやら本当みてえだな。よし、ちょっとウチの武器を試してみろ」

そうしてリリーは、店主に言われるがまま、様々な武器を振り回してみた。

巨大剣に長槍、金棒にメイスなど。

どれも「振るう」だけなら軽々いける。そのたび、店主が嬉しそうに大笑いした。

「はっはっは！　こいつはいい！　嬢ちゃん、あんた巨人族か何かかい？　それなら、飛びっきりのがあるんだ！」

笑いながら奥に戻ると、巨大な箱を『引きずって』出てきた店主。

筋骨隆々の店主でも、持ち上げられない武器が入っているのだろう。

リリーは目を輝かせながら箱を開き、そして、

「やだーーー！　やっぱりウォーハンマーじゃないか！」

「そう言うなって。コイツは嬢ちゃんに一番向いてる武器だぞ。聞いて驚け、こいつはメテオライトから作ったハンマーなんだ」

「ほほー！　メテオライトのハンマーとは、また面白いもんを作ったのう！」

「メテオライト……？」

初めて聞く言葉に、リリーは小首を傾げる。自他ともに認める本の虫でも、知らない言葉はあるものだ。

「リリーは知らぬか。流れ星は見たことがあるじゃろ？　あれは天から石が降ってきて、燃え盛りながら地表に落ちておるのじゃ。そして燃え尽きずに地面に落ちた石にはの、重たい金属の核があるのよ。それがメテオライトじゃ」

「へええ……何だか格好良いね、メテオライト……！」

ハンマーには不服でも、メテオライトという響きには目を輝かせるリリー。

横で店主のおっさんもうんうん頷いていた。

「そこのガキも、随分な物知りじゃねえか！　おうよ、こいつは正真正銘、メテオライトで作った武器よ。ありゃ、硬すぎて刃物には加工出来ねえ。けど、ハンマーヘッドに使うにゃ

ピッタリよ。ただ、問題があってな……」

「そりゃ、人間が振るえる重さじゃないからのー。じゃがリリーなら持てるじゃろ」

よいしょ、とハンマーを持つと、ブンブンと振るってみせるリリー。

どうやら、普通に武器として扱えそうである。

「こりゃすげえや。アレをあんな風に振り回せる冒険者なんて、初めて見たぜ。よし嬢ちゃん、気に入った！　そいつを売ってやるよ。何なら嬢ちゃん好みの細工をしてやってもいい」

「本当かい!?　うん、最初に思ってたのとは違うけど、手に馴染むし……これで行こうかな」

「それに嬢ちゃん、さっき武器の使い方を見たけどな、てんでなってねえよ。悪いことは言わねえ、ぶっ叩くだけの武器にしとけ。あんな使い方したんじゃ、普通の武器は3日と持たねえ」

「……」

冒険のたびにレイピアを破壊していたリリーである。

流石にぐうの音も出なかった。

§

一週間後。

再び武器屋を訪れた二人は、リリー仕様に仕上げられたウォーハンマーを受け取った。

「ほれ、嬢ちゃん好みの飾りもつけといたぜ。飾りはアダマンタイトで作ったから、そうそう壊れやしないだろうが、保証はしねえ。壊れたらウチに持ってきな」

「わぁあああ……！　ありがとう、他に二つとない武器だよ！」

「嬢ちゃんの腕力で振りゃあ、どんなモンスターでもひとたまりもねえぞ。ま、存分に使ってやってくれ！」

　こうして、運命の武器を見つけたリリーだったが。

　帰り道、喫茶店に入ろうとして、ふと気付いてしまった。

「あう。ねえルウィ。これ、お店に持ち込んで大丈夫かな……？」

「最悪、床が抜けるのじゃ。ギルドなら作りも頑丈じゃし、大丈夫じゃろうが……」

「えー！　じゃあお茶してる間とか、外に置いて行かなきゃダメなの⁉」

　ガーン！　という顔で固まるリリー。

　流石にそこまでは考えてなかったらしい。

「はー。しょうがないのう。リリーや、わしが魔法をかけてやろう。そのハンマーと、一緒に日傘も借りるのじゃ」

「え？」

「メテオライトはの、魔力を吸収しやすい性質があるんじゃ。ちょうどいい、ちょっとしたお遊びじゃな」

　ルウィがパパッと魔法をかけると、日傘がハンマーヘッドへと吸い込まれて姿を消す。

驚くリリーにハンマーを返すと、

「念じてみるのじゃ。ハンマーが日傘に変化するぞ」

「どれどれ……わっ、本当だ！　凄いよルウィ！　流石、暗黒大陸の大賢者だね！」

「わっはっは！　わし、こう見えて大賢者じゃからのー！　わしくらいの使い手になっちゃうと、これくらい楽勝というか？　片手間で出来てしまうのう！」

調子に乗って大笑いする賢者ルウィ。

こうしてリリーは、レギュレーション違反もいいとこの最強武器をゲットしたのである。

これでFランク冒険者やってるの、詐欺もいいところだった。

第五章　動乱の王都（前編）

王都の中でも、特に治安の悪い地域の最奥。

何の変哲もない建物の地下に作られた、頑丈な造りの地下室に、後ろ暗い男達が集まっていた。

彼らの名前はアトラ・クラ。王都の暗部を仕切る元締めである。

「花街のが、やられて随分になるな」

「ふん、奴はアトラ・クラの幹部にするには、小物すぎたわ。当然よ」

「しかし、ヨラム男爵の件はどうなんだ？」

「あれには困ったわい。奴隷売買が止まってしまったからのう……」

この暗がりには、王権すら届かない。しかしそんな彼らも、ここ最近続く事態には、手を焼いている。

「一体、何者なのですか……トラブルメーカーズ……！」

そう。

王都に突然現れた、はた迷惑なパーティー・トラブルメーカーズである。

情報によれば、孤児院を狙っていた一家に、白昼堂々アンデッドを差し向けたという。アトラ・クラの基準からしても、頭がおかしい。

花街を仕切っていた支配人とその一党も、一掃されてしまった。何の前触れもなく、ある日突然、簀巻きにされて監獄送り。

彼らとて、馬鹿ではない。少なからず役人に賄賂を送っていたはずだ。それが問答無用の監獄送りとなれば、何か大きな力が働いているのでは？　と勘ぐるのは当たり前。

そして止めが、ヨラム男爵だった。

「聞けば、連中はヨラム男爵の屋敷までノコノコ出向き、こう聞いたそうだ。『この屋敷の主人って、女の子誘拐したりしてません？』とな！　ふざけている！」

「あそこには、元A級冒険者、『鉄腕の』アペッラが付いておった。それが、何の反撃も出来ずやられたとは、信じがたいのだがのう……」

「だが、実際、連中は傷一つなかったそうですよ。真偽は分かりませんが、ヨラム男爵の手勢は、赤子の手をひねるように倒されたとか」

「それこそ信じられん。曲がりなりにも騎士団と、A級冒険者だぞ。連中は、悪鬼羅刹の類いなのか？」

伊達に王都の魑魅魍魎を取り仕切ってはいない。優秀な頭脳の持ち主達であり、かなり正解に近いところまで来ていた。惜しい！

まさか、邪神討伐メンバーが将来設計のために冒険者やってました、なんてアホな理由が思いつくわけもなく。

『真っ当な』理屈で、とんでもない結論に辿り着いてしまう。

「ふむ。おかしいと思わぬか？　花街の連中は、結局、単なるやくざ者よ。しかしヨラム男爵は、貴族じゃぞ？　それが、何の言い訳も出来ず、即座に監獄送りとは……」

「まさか……王国が関わっているというのか!?」

「それしかあるまいよ。貴族ならば、少しはもみ消しに足掻くであろう。或いは、他に罪をなすりつけたり、画策しようはあるはずじゃ。それが、全く抵抗も出来ず、監獄送りとは……それが出来る者など、王国、それもその、最高位であろう」

「……王家、だと言うのですか……！　まさか、トラブルメーカーズなるパーティーの正体は……」

「……そう。王家の放った、秘密のエージェント。十中八九、間違いあるまい」

ぜんぜん違う。

違うのだが、ヨラム男爵の件には宰相ダニエル大活躍だったたし、あながち的外れでもないのが惜しいところ。

ユーリが侯爵なのを考えると、王家が落とした火炎瓶、くらいが結構近い。

あくまで落としたのであって、故意じゃないとこに注意である。

しかも悪いことに、ユーリ達は全員が転移魔法の使い手。依頼が終わると、転移で帰る。

つまり、足取りがまるで掴めないのである。忽然と姿を消しては、ひょっこりギルドに顔を出す。

そりゃ、調べれば調べるほど怪しいのだ。

ということで、知らないうちに秘密のエージェント認定されていた四人であったが、さて何をしていたかというと……

「えー、ということで！　そこのヤリチ○が、まんまと人生の墓場送りになったことに、乾杯するわよ！」

「ふはははっ、ざまあ！　であるっ！」

「ううむ、目に見えておった結末じゃのう」

「お、おまえら……！」

冒険者ギルド併設の食堂。真っ昼間からエールをかっこむ四人組。

ユーリが『この世界』に残ることを記念して……というより、肴にしての飲み会である。

ちなみに、今日は受付嬢のソニアがお休み。つまり誰も、注意しない。

「……結婚は、ちょっと気が早いんじゃないかな！　その、俺まだ21だし！」

「貴族は10代で結婚するらしいわよ？　侯爵閣下におかれましては、行き遅れと言われても無理はないと思いますけれども……ぷぷっ」

「第一、どうせこの世界に残るなら、オチが見えているではないか。貴様が観念するのが先か、種を命中させるのが先か、チキンレースでしかあるまい」

「わしの経験じゃと、出来ちゃってから責任取るオスよりは、先手を打つオスの方が、出来ている感じがするのう」

「ぐぬぬ……反論出来ない……」

でも、もうちょっとだけ、気楽な独身でいたい……！

そんな願いを持つユーリだが、なにせ危険日の王女様に生中出しを決めた後。ＪＫ制服姿に自制心を失い、何発出したか記憶にない。

いい感じに人生の墓場まっしぐら、しかも相手が王族とか、絶対逃げれない奴である。

「ま、せいぜい、稼ぎのいい冒険者を目指すのね」

「ニートのままパパになるとか、ドラゴン基準でもアレじゃし……」

「それがさあ……宰相さんは、『勇者様は貴族の務めを果たせば良いのです』とか言うわけ。務めって何さ、って思ってレザさんに聞いたら……こ、後継者を作ることだって……」

「ぶはっ！『パパー、パパはなんで毎日お家にいるの？』『お前の兄弟を作ってるから！』ふははは、こいつは傑作！」

ツボに入ったようにゲラゲラ笑うルキウス。そこにアガメムノンが、恐ろしい冷や水を浴びせてきた。

「とはいえ、考えてみると……わし、竜王の仕事って、何してたっけ……？」

「あら、私はネクロポリスの僭主として立派に……立派に……し、仕事を丸投げしているわよ……！」

「余はこれでも暗黒大陸の魔王ぞ。もちろん……大臣に、余計なことをするな！と怒られておる……」

「じとー」

口に出してジト目で三人を睨むユーリ。鮮やかな形勢逆転！

「俺はほら、名ばかり侯爵だしー。おまえら、仮にもトップなんじゃないのー？　丸投げじゃダメじゃないですかー？」

「ど、ドラゴンと人族では、事情が違うからのう。ほら、ドラゴンって、色々テキトーに動いてるし、ゆるゆるでいいのじゃ……！」

「ネクロポリスは、部下の自主性を重んじるのよ」

「君臨すれども統治せず。これぞ、魔王のあるべき姿……！」

「なわけねーだろ！」

これが、王家の秘密エージェント（笑）の姿である。

アトラ・クラの面々からすれば、あんまりな実態であった。

§

ギルドの受付嬢も楽な仕事ではない。

荒くれ者揃いの冒険者をいなし、毎日のように起こる予期せぬトラブルへ対応する。普通の店番と違って、毎日が事件で、人の命も懸かっている仕事。

とはいえ、元冒険者であるソニアには、少しくらいの荒事は許容範囲。

自分に向いている仕事だな、と思っていた矢先に、やって来たのがトラブルメーカーズである。

それからというもの、頭の痛い日々が続いているが。

いくら何でもこれはないよ、と現実逃避気味に思う。

「しっかり掴まっててね、綺麗な人！　追っ手を撒くから、ちょっと揺れるよっ！　ははっ、ちょっとデートしてたらコレとはね。世の中、思ったよりドラマティックなんだねぇ」

「まったく、おちおち遊んでもいられないのじゃ！　この都は、暗黒大陸と同じくらい治安が悪いぞ！」

「それは、今日がおかしいんですっ！」

リリーにお姫様抱っこをされて、飛んだり跳ねたり、王都の街を駆け抜ける。シートベルトのないジェットコースターみたいなものだ。

何でこうなったんだろ、とソニアは遠い目をした。

話は一時間ほど前に遡る。

休日だが、特にすることもないソニアは、ぶらぶら街を歩いていた。彼氏でもいればデートの一つや二つするのだろうが、生憎の独り身。

知り合いの冒険者を誘って、女同士お茶でもしようかと思っていたら、ナンパをされた。

「やあ、綺麗な人！　こんなところで会うなんて奇遇だね。そうだ、これも運命だと思って、ボクとお茶でもどうかな？」

「……リリーさん……あの、リリーさんって、いつもその調子なんですか？」

「うん？　ボクはいつも、このボクだよ。ありのままの自分さ！」

「幸せそうですね……うん、何よりだと思いますよ、はい」

リリー・クライン。豪商クライン家の令嬢であり、難病を克服し冒険者になった変わり種。四六時中、まるで舞台俳優のようにキザな台詞に決めポーズを振りまく姿は、控え目に言っても変人である。

しかも女性限定でナンパをしまくるのだから、始末に負えなかった。

見た目は愛らしくも凛々しい美少女で、飄々としつつも意志の強い性格だ。綺麗な目で、真っ直ぐに見つめられると、危うく禁断の扉を開けそうになる。

「はあ……リリーは本当に軟派なのじゃ。とはいえ、わしらも暇を持て余していてな。お茶の相手をしてくれると、わしも嬉しいのじゃ」

「はーい、分かりました。実はわたしも、ちょっと退屈してたんです」

リリーとコンビを組んでいる魔法使い、ルウィ。見た目は12歳ほどの、可愛らしい美少女だ。ツインテールに結った髪型もキュートで、初めて見たとき、ソニアはついキュンとしてしまった。

だがどうも、年齢は12歳どころではなさそうである。年寄りじみた話し方に、時折見せる、深い知識の片鱗。相当な実力者だが、いかんせんトリガーハッピーのきらいがある。王都の外にクレーターを作ったのを説教したのは、苦々しい記憶だ。

そうして二人に連れられて、喫茶店で和気藹々とお茶を楽しんでいたのだが。

途中から雲行きが怪しくなったのだ。

まず、周囲から客がいなくなった。

あれ、と思ったその瞬間、『それ』が起きる。

「おっと、危ないな」

飛んできた吹き矢を、そっと指でつまむリリー。

その動作にソニアは、まるで反応出来なかった。吹き矢を指でつまんで止めるなど、人間業ではない。

そしてもっとゾッとするのは。

リリーは、彼女を庇うように動いていた、ということ。

つまり。自分が、狙われていた。

荒事に耐性があるとはいえ、むき出しの悪意を向けられて、ソニアは平静ではいられなくなる。背筋が震え、全身がガタガタと震え出す。

吹き矢なら、普通、毒か睡眠薬が塗られている。つまり、相手は暗殺者？

そんな状況で、リリーとルウィは、いっそ異常なくらいにいつも通りで。

真剣味を増しつつも、飄々とした調子は失わない。悠然とした態度だった。

「ふむ。暗殺者か、面倒なことになったのじゃ」

「ルウィ、どう対処するのがベストだい？」

「街中じゃなかったら、飛んで火に入る夏の虫、そこら中を火の海にして殲滅なのじゃ！

じゃが、うーん、それやると怒られそうじゃし……凄く、とても、本当に不本意なのじゃが……」

「離脱だね！　了解、じゃあ行くよ！」

「え、ええっ!?」

こうしてソニアはリリーに抱かれ、王都の街を駆け抜ける羽目になったのだった。ヴァンパイア・ロードの膂力が為せる業か、人を一人抱えながら、その足は風のように速い。

「おっと、また矢が飛んできた！　危ないなあ」

「くくっ、向こうが撃ってきたから仕方ないのじゃ！　食らえ、正当防衛サンダー！　正当防衛ライトニング！　正当防衛デス・スタン！」

「あんまり関係ない人を巻き込まないようにね、ルウィ！」

「任せるのじゃ！　正当防衛魔法は、敵にしか当たらぬ、精密攻撃なのじゃ！　……時々、すっぽ抜けるけど」

そこら中ではじける稲妻と恐ろしい爆音。遅れてやって来る悲鳴。

街中である。王都のど真ん中である。

いつものソニアなら、流石に自重しろと叱るところ、この状況では何も言えない。

それに、何より。

ルウィはさっきから、後ろ向きに宙に浮いて、飛びながら魔法を連発しているのだ。猛スピードで駆け抜けるリリーに並んで、お喋りをしながら。

常軌を逸した使い手だった。ソニアの知るA級冒険者でも、こんな芸当は不可能だと断言出来る。

そもそも、どうやって障害物を避けているのか、さっぱり分からない。前見てないし。

「しかし、わしら、恨まれることはしてないはずなんじゃが……はっ！　まさか、わしのプリチーな美貌を狙って……！　こ、困っちゃうのじゃ。美しいことは、罪なのじゃ……！」

「ふざけてる場合じゃないよ、ルウィ！　狙われてるのは、ソニアだ！　最初の攻撃からずっと、視線がソニアを向いてるからね！」

「そんなの見えるんですかっ!?」

「あー……うん、何でだろうね、見えちゃうね。だから、矢も打ち落とせるし。どこに飛んでくるか分かるからね」

ついこの間まで、病に伏せっていた令嬢の台詞ではない。修練の果てに武術の悟りを開いた、歴戦の戦士みたいな振る舞いだった。

だが実態は、Eランク昇格を控えた、Fランクである。戦闘経験など数えるほど。

敵の『視線』が見えるというのも、別に見切りとか悟りとかじゃなく、ヴァンパイア・ロードの視力で実際に見えちゃってるだけのこと。

実は一番困惑してるのが本人だったりする。

そして襲撃している側の衝撃は、言語を絶していた。

「な、何なのですかアレは……!?　え、Fランクなど、冗談でしょう……！」

アトラ・クラの暗殺部隊を率いる幹部は、リリーとルウィのデタラメっぷりに限界まで目を丸くしていた。

そもそも、トラブルメーカーズをおびき寄せるため、関係が深そうなギルドの受付嬢を誘拐するはずが。

その場に居合わせた『たかが』Fランク冒険者が、吹き矢を指で摘まんで止め。凄まじい速さでその場を離脱。

慌てて追いかけてみれば、それが敵の思うつぼ。部下は一人また一人と魔法でやられ、こちらの攻撃は悉く弾かれる。

何よりゾッとするのは、こんな使い手が今まで、のうのうとFランク冒険者として活動していたこと。

どう考えても、何か、『大きな』背景があるとしか思えない。

「いったい王家は、何をしようとしているのですか……？　冒険者ギルドを隠れ蓑に、一体何を……！」

この二人について言えば、王家は本当に潔白である。何も知らない。知ってるわけがない。

しかしアトラ・クラの中で、王家の影はどんどん巨大化していく。

こうして、王都に嵐がやって来た。

§

「り、リリーさん！　どこへ逃げますかっ⁉」

「うーん、そうだねえ。ボクの家に行ってもいいけど、すぐバレちゃいそうだし……自分で言うのも何だけど、ボクはそこそこ、名が売れてるからね」

「それはリリーの自業自得なのじゃ。あんだけナンパしまくってれば、嫌でも有名になるのじゃ……ソニアよ、誰か頼りになる人物はおるかのう？」

「そ、それは……やっぱり、ギルド長とか。後は……その、凄く、頼りたくないんですけど……」

「トラブルメーカーズの皆だね！」

こくん、と観念したように頷くソニア。

これは、悪魔の取引だ。自分から爆弾の導火線に火を付けるがごとき所業。

ある意味、アトラ・クラは目的を達したことになる。が、世の中、達成したからいいってもんでもない。

「ふーむ。では坊主に会いに行くのか……ここはデキる女として、いいところアピールせねばいかんのじゃ」

「あ。ボク、何だか嫌な予感」

「ちょっと先に行ってるのじゃ。土産を調達するからの」

瞬間。ルウィの姿がかき消える。

あーあ、と呆れた顔をして、リリーは何事もなく走り続けた。

「え、ルウィさん、消えちゃいましたよ！」

「あれは転移だね。普段は使わないんだけどなあ……やれやれ、何を探しに行ったのやら」


離れたところにある路地裏で。

暗殺者達が集まり、今後の方針を話し合っていた。

「各員に連絡。残念ですが、一度仕切り直しです。対象の家は調べてありますし、少し待てば尻尾を出すでしょう。時間はこちらの味方です」

「ははは、残念ながら間違いなのじゃ。時間が味方だとは、限らぬのよ？　兵は拙速を尊ぶ、是兵法の基本なり。数に勝る軍隊が、寡兵の急襲に敗れるところなど、わしは散々見てきたのよ」

「なっ……」

暗殺部隊を率いていた男は、今度こそ絶句した。

追跡を『諦めた』後、今後の相談をしていたところに、ふらりと現れた少女。

それは先ほど、後ろ向きに空を飛んで、魔法を乱発していたあの少女で。

水色の髪をツインテールに結い、12歳の少女のような顔をして――その笑いは、年経た魔女のそれよりも、なお深く、底知れぬ。

どう見ても、真っ当ではない。

見た目通りの存在ではあり得ないと、彼らは思い知る。

「ましてや、貴様ら、ひよっこ揃いなのじゃ。ほれ、そうして――」

「殺しなさいっ！　この娘を、今すぐにっ！」

「こうして、一気に襲ってくるじゃろ。見え透いておるし、魔法使いには、悪手も悪手。失格もんなのじゃ」

詠唱すらなく、放たれたのは雷撃の魔法。

ルウィを中心に波打つそれは、襲いかかってきた暗殺者全てを昏倒させ、地面に転がす。

実際には、暗殺者達も無手ではない。魔法攻撃を逸らす護符や、耐性のある鎖帷子を着込んでいたのだが、まるで役に立たなかった。

「やれやれ、そんなことでは暗黒大陸でやっていけぬよ？　あっちはその辺に魑魅魍魎がうようよいるのじゃ」

「あ、暗黒大陸……!?　何者ですか、あなたは……！」

「賢者ルウィ。暗黒大陸の賢者なのじゃ。誰も信じてくれないけど！　この都はどうなってるのじゃ、みんな、わしのことを生暖かい目で見守ってくるのじゃぞ！」

「は、はあ……」

幹部の男は、いきなり始まった愚痴にどう対応していいか分からない。

さっきまで得体の知れない魔法使いだったのが、シームレスに俗物へジョブチェンジしている。

「狂犬扱いされるよりはマシじゃけど、これはこれで腑に落ちぬのじゃ……！　もっとこう、『ルウィちゃんって賢者でロリロリ！　かわい凄い！』みたいにチヤホヤしてもいいのじゃ！」

「……十分狂犬だと思いますけどね、あなた」

「ちょっと攻撃魔法が好きなだけで、心外じゃのう！　というわけで、貴様らには手土産になってもらうぞ。ギルドの連中も、これでわしのことを見直すに間違いなし！　ついでに、ユーリの坊主にも自慢して……あわよくば……ぐふふ……わしもとうとう、大人の階段、登っちゃうのじゃ……」

どう返していいか分からない。

アトラ・クラの幹部は、フリーズしたまま、冒険者ギルドへとお持ち帰りされてしまった。


さて一方の冒険者ギルド。

酒盛りしていたトラブルメーカーズの前に、飛び込んできたのはリリーとソニア。

「「「「ごめんなさい」」」」

「今はそういうの、いいですからっ！」

神速の土下座芸を決めた四人組だが、ソニアの様子を見て考えを変える。どうやら、何かシリアスな事態だぞ、と。

「ん、何があったの？」

「やあ、愛する人。ちょっとね、そこで暗殺者に襲われたのさ。どうしてかは知らないけど、ソニアを狙ってるみたいでね」

「……ふうん。それはそれは」

そのときのユーリの顔を見て、ソニアはちょっと驚いた。いつもヘラヘラしている、悪ガキみたいな男の子が、初めて見せるシリアスな表情。

そして、あ、やべ、という顔をエレミアがする。

「それじゃ、お返しをしないとな」

やる気満々、行き先も言わずにギルドを出ようとするユーリ。

頭の中では、まだ見ぬ暗殺者を、ボコボコにする光景が思い浮かんでいる。

が、それは脱力するような形で実現してしまった。

「どうじゃ！　わし、大手柄なのじゃ！」

ギルドの外。

そこには昏倒した暗殺者が山積みとなり、その前でルウィがVサインを決めていた。

「お、おう……」

やる気満々で出撃するところ、いきなり問題が解決してコケそうになるユーリ。

続いてやって来たトラブルメーカーズの面々も、その超展開に苦笑いするしかなかった。

「……まあ、リリーとルウィだものね。それは、そうなるか」

腕組みしたまま、苦笑いしてため息を吐くエレミア。後ろを付いてきたルキウスとアガメムノンも、ほっと一安心した様子だった。

「ふう。アホ勇者がその気になると面倒なのだ。グッジョブ、ババア！」

「じゃのう。助かったわい」

「はなたれ坊主、貴様は後で全殺しにするのじゃ。で、ゆ、ユーリ坊主、どうかのう……？　わし、頑張ったのよ？」

「あ、う、うん、凄いよルウィ。超仕事はやい……」

「じゃろ？　ふふっ、出来る女に惚れてはいかんぞ？　じゃ、じゃが、どうしてもわしのハートを射止めたいというなら、告白だってワンチャンありなのじゃ……」

その場でもじもじするルウィは、客観的に見ると可愛らしい。

が、後ろには死屍累々の暗殺者。あざとい仕草も、時と場合を選ぼう！

「ぐうう……まさか、この私が、こんな扱いをされるとは……しかし覚えておきなさい、相手は私達だけではありませんよ、暗黒大陸の賢者ルウィ……！　我々を敵に回したこと、必ず後悔させて……」

「あ。こいつまだ起きてるのじゃ。思ったよりタフなのじゃ」

呻き声を上げながらも、顔を上げ、闘志に満ちた表情を見せる男。凄くフラグっぽいことを言ってるのに、馬耳東風で一発魔法を叩き込もうとバチバチ帯電し始めるルウィ。

可愛い容姿に可愛い仕草をミックスしても、ちょっと隠しきれない凶暴さである。

「ぬぬう、あのババアに立ち向かう勇者がいるとは……なんという蛮勇。墓石には、余が手ずから『ババアに立ち向かった勇者、ここに眠る』と彫ってやろう」

「ぶっ殺すぞ坊主」

「ぬおっ、死ぬ死ぬっ！」

雷撃が自分のとこに向かってきたので、慌てて避けるルキウス。それをため息交じりに横目に見て、リリーが、大変まともな突っ込みをした。

「はぁ……もう。皆、まだ問題は解決してないんだよ。そもそも、なんでソニアを狙っているか分からないんだから」

あ。そりゃそうだ。

ユーリを筆頭に、皆が石化したように固まった。

『知り合いが襲われた！』↓『敵をぶちのめそう！』では野生動物である。今まで邪神の使徒とかモンスターばっかり相手にしてきたので、相手の意図を考えたことがなかったのだ。

「もちろんルウィは、情報を得るために手を回してくれたんだよね？」

「……も、もも、もちろんなのじゃ！　わしは暗黒大陸の賢者！　それくらいのことは、とっくに考えておる！　ほれ、そこのタフな奴は、なんかリーダー格っぽいし！」

「さっき、問答無用で気絶させようとしてなかった？」

「ほ、ほれ、そこは言葉の綾というやつで……！　ちょ、ちょっと、非人道的な方法で情報を聞き出そうとしたのじゃよ……！」

暗黒大陸の賢者ルウィ。女子力はとても低い。

ギルド前に暗殺者を積んだままでは、いくら何でも外聞が悪い。

ということで、一行を縄で縛って修練場に運び込むと、腰を落ち着けてのミーティングとなった。

§

中心になるのは、呼ばれて下りてきたギルド長である。

「ぬおっ、なんだこりゃ？　おいおい、今度はどこの貴族とやり合った？　それともアレか、街の暗部とでも戦ってるのか？」

「冒険者ギルドの、アルゴス……！　あなたが、裏で手を引いていたのですかっ」

「はあ？　何言ってんだ、こいつ？　なあ、何があったか教えてくれよ。オレだって、事情が分かんなきゃどうにもならん」

「ギルド長……私、この方達に襲われて……誘拐なのか、暗殺が目的か分かりません。そこを、リリーさんとルウィさんに助けてもらったんです」

しん、と一瞬場が静まり返る。

豪放磊落を絵に描いたような男、ギルド長のアルゴスが、腕組みをして黙りこくったからだ。

どうも噴火前の火山みたいで、トラブルメーカーズの面々も何も言えなかった。

「……よし。リリーとルウィは昇格だ。よくやったぞ」

「あ、うん？　ありがとう」

「まあ、当然なのじゃ！」

「そして、お前らだが……」

ドスンと、大剣が引き抜かれて、地面に叩き付けられる音。

そして大変に人相の悪い顔で、リーダー格の男をぎょろりと睨む。

「こいつは私怨だ。ソニアは、オレの親友の忘れ形見でな。手を出した相手は地の果てまで追いかけて、叩きのめす。職権乱用だろうが何だろうが、知ったこっちゃない。どこの馬の骨か知らねえが、冒険者ギルドを相手に回して、無事で済むと思うなよ？」

「……なんですって？　そこに怒っているのですか、あなたは？　その、ソニアという娘を狙われたことに？」

「あたりめーだ。それ以外に、どこに怒る要素がある？」

アルゴスからすれば、一体何を言っているんだ？　という話。だがリーダー格の男は、かえって驚いたように息を呑む。

「まさか、冒険者ギルドも知らないと……！　いいでしょう、こうなっては隠し立てする意味もありません。我々の目的は、冒険者パーティー・トラブルメーカーズをおびき出すことです。その娘など、手段に過ぎません。知らないようなら教えてあげますが、彼らの正体は、ほぼ間違いなく、王家の放った秘密のエージェント。何を企んでいるか分かりませんが、我々の大いなる障害なのです」

凄いドヤ顔で宣言する幹部を前に、シリアスムードが一気に霧散した。

ギルド長もさっきの気迫はどこへやら、「は?」と口を開いて間抜け面。

名指しされた当の本人達はといえば、

「王家の」

「秘密?」

「エージェント……?」

ユーリ以外の三人が、第一の被疑者である侯爵閣下に視線を集中。

もちろん、何の心当たりもないユーリは、首を傾げるばかりである。

「(ちょっと、何か明後日の方向で勘違いされてるじゃないの。何か思い当たる節とか、ある?)」

「(えー。確かに、宰相さんには内緒でやってるから、ある意味秘密だけど……)」

「(ううむ。それを言えば余だって、大臣に言っておらんから秘密のエージェントか)」

「(わしも、冒険者やってるって知ってるドラゴンはおらぬからのう。秘密のエージェント……!)」

わいわい盛り上がる四人だが、もちろんそんな意味ではない。

付け加えるなら、宰相にはもうバレてる。

「よし。厳正な話し合いの結果、それじゃあ俺達秘密のエージェントってことでひとつ……」

「おまえらみたいな、ド派手な問題児が秘密とかありえねー。出直せ」

「……やっぱダメかー。ちぇっ」

秘密のエージェント。中二病っぽくて超カッコいい。

四人の意志は一つになったが、自分から『秘密のエージェントですっ』と宣言するのは、控えめに言って間抜けである。

こうして、アトラ・クラの優秀な頭脳が導き出した、かなり真相に近いところまで掠った結論は、あえなく没に。

はた迷惑な勘違いに頭を抱えながら、ギルド長は次の対策を考えていた。

「大方、ヨラム男爵の件で目を付けられたんだろうよ。で、どうする？　こいつら、まだバックがいるぞ。オレがちょっと『説得』して、吐かせてやろうか？」

「それならわしも一緒にやるのじゃ！　ちょうど試したい魔法が何ダースもあって、ウズウズしてたのじゃ！」

何はともあれ、情報収集。ここは男同士、拳で語り合うときだろうと、ポキポキ拳をならすアルゴス。見た目からして悪役っぽい。

そこに『人を的にしたい！』という欲求丸出しの魔法使いが揃うと、どっちが悪の組織か分からなかった。

「くっ、私達はプロの暗殺者です……！　生半可な拷問で、口を割るとは思わないことですね……！」

「ふーん。それじゃ、別な方法を試すのじゃ。ちょうど、暗黒大陸の知り合いに、変わり種のオーク族がおってのう。女じゃなくて、男の尻が大好物という、ホモーク一派なのじゃ。そいつらの集落に突っ込んで、一ヶ月後くらいに迎えに行くから、せいぜい愛を育むといいぞ」

「分かりました。全て吐きます」

暗殺者達は堰を切ったように、先を争って情報を喋り始めた。何と恐ろしい女だ……！　と慄然し、我が身可愛さに何もかもぶちまける。

その様相を見ながら、ふふんと笑って、ルウィはくるりと回転。

ドン引きしていたユーリに、にっこり笑ってこう言った。

「ほれ、わし、出来る女じゃろ？　惚れ直してしもうたか、ん？」

「あ、うーん、中々凄い説得だなーと……ルキウス、パス」

「ババア、貴様には人の心がないのか！」

「私はちょっと、ホモーク一派、見てみたいわね。やっぱり、男性騎士との許されざるロマンスとか、あるんでしょ？」

「人族の争いとは、かくも恐ろしきものなのか……うーん、わし、ドラゴンでよかったー。竜族はもっと平和だもの」

こうして、実にしょうもないところから、アトラ・クラの情報は外に漏れ出ることになる。

§

ホモークの脅威を前に、盛大に情報をお漏らしした、アトラ・クラの暗殺者達。それを率いる幹部の男は、ザヘルと名乗った。

「それで？　貴方達が盛大に勘違いしてるのは分かったけど、次は誰を狙うつもりだったわけ？」

「……それが、当てがありませんでした」

「はあ？　嘘を吐くと、転移で暗黒大陸に飛ばすわよ」

「というか、あなた達は交友関係がなさすぎます！　ギルドでたむろする以外、何をしているのですか！　普通、もっと関係者がいるでしょう！」

四人はそっと目を伏せた。そう言えば、よく話す相手というと、先輩冒険者の少年と、元牢番のおっさんくらいしかいない。

酒場の給仕のお姉さんには、よく説教されているが。

「本来なら、次の当てはリリー・クライン。あなたでしたが……」

「おおっ、ボクも囚われのお姫様になるところだったんだね！」

「あなた本当に人間ですか？　人ひとりを抱えて、あの速度で走りながら、矢を打ち落とすとか……化け物としか思えません！」

「……ひゅ、ひゅーひゅー♪　いけないいな、病み上がりだからか、耳の調子が……」

吹けない口笛を吹きながら、あからさまに目を逸らすリリー。

この場にいるのは、彼女の事情を知っている面子ばかりなので、遠い目をするしかなかった。

受付嬢の次に候補に挙がるのが、よりによってヴァンパイア・ロードでは、いたたまれない。

「まあ、それはあくまで私の当てです。私はアトラ・クラ四天王の一人に過ぎません。他の三幹部がどう考えていたかは……」

「ふーん。なら、後は依頼を受けた絡みね。まず、メイアの安否を確認しなきゃ」

「余は、あの少年の孤児院が気になるな。先輩冒険者であるし」

「わしは、男爵のところで助けた娘達が気になるのう」

「……め、メイアかあ……」

ユーリの目が泳ぎだしたので、残り三人の視線はスケベ勇者に集中した。こいつ、また何かやったな、という目である。

観念した勇者は、仲間達を集め、円陣を組んでひそひそ話。

「(……え、えっと、メイアなんだけど。た、多分、俺んちにいるから、大丈夫かなーって……)」

「(はあ?)」

ユーリがメイアに手を出したことは、全員知っている。だが同棲しているとは聞いてない。

「(ちょっと、どうなってるのよ！　ぱっくり頂いて、お持ち帰りってわけ!?)」

「(い、色々ありまして……離宮なら、ほら、安全だし。警備もしっかりしてるし、侵入者があっても、俺が転移するようにしてあるし！)」

「(……ファインプレーだけど、後でアイアンクローね)」

「(理不尽すぎる！)」

「(はあ……わしは、アトラ・クラよりこっちが問題だと思うのじゃ。あの助けた娘達、大丈夫じゃろうか……)」

「(余もけっこう心配である)」

こうして若干一名を除き、つつがなく話し合いは終わり。

トラブルメーカーズは、改めてザヘルへと向き合った。

「それじゃ、方針を決めましょ。アトラ・クラだっけ？　王都の暗部を仕切ってるって話だけど」

「ええ、そうです」

「潰すわね」

「は？」

エレミアが腕を組み、かなりマジな表情であっさり告げた。

「喧嘩を売られたんだから、それは買うわよ。やられる前にやれ、が私達トラブルメーカーズのモットーだもの！」

「ということで、ギルド長、人手は出せます？　俺達、殴り込みやるんで！　孤児院とか、男爵から助けた子達を守ってくれれば……」

「ああ、でも。いざとなれば、私がアンデッドを出すから大丈夫よ？」

「アンデッドは最後の手段でお願いします……！」

ソニアが半泣きになるが、肝心のギルド長は腕組みをして、うんうん唸っていた。

「オレとしちゃ、殴り込みに参加したいんだが」

「ギルド長!?」

「あのな。オレだってトサカに来てんだ。こうなりゃ、とことんまでやったらあ!」

威勢のいい言葉に、おおー! と、その場の面々が一気に盛り上がる。

盛り上がっちゃいけない面々である。

「うむ、ギルド長が言うなら心強いぞ! これで余が、ちょっと力加減を間違ってもノーカンに……!」

「わしも、ブレスを吐きすぎちゃってもノーカンで……!」

「やったー! 好きな魔法が打ち放題なのじゃー!」

「ボク、この前最高の武器を手に入れたんだよ。ふふ、遂にお披露目するときが来たね!」

「ギルド長。やっぱり参加して下さい。見張りが要ります」

「……わりぃ。ちょっと勢い任せだったわ……」


さて、冒険者達が殴り込みの準備をしている頃のこと。

離宮では王女が珍しく焦っていた。

『ごめん、メイアとレジーナに、離宮にいるように伝えてくれない? 知り合いが、アトラ・クラ? とかいう組織に狙われてて、外は危ないから』

いきなり入った勇者の念話。その内容に、飛び上がりそうになったのである。

『ユーリ様!?　知り合いが、狙われたの!?』

『うん、未遂だったけど。やー、流石に焦ったよ。だからさ、ちょっと皆でカチコミしてくる！』

『き、気を付けてね……人手が要るなら、わたしにも当てがあるから。無理はしないで』

『サンキュー！　いやー、実は知り合いが孤児院に住んでるんだけど。エレミアが、アンデッド呼んで守ろうかって』

『衛兵を出すから大丈夫、大丈夫だから！』

ルナリアは焦った。凄く焦った。

王都のど真ん中で、アンデッドが軍勢をなし、孤児院を取り囲む。

どっからどう見ても事案である。

すぐさま宰相が呼び出された。

「……勇者様が、アトラ・クラに殴り込みをおかけになると。そういうわけですか」

「ええ。前々から対処を考えていたけど、これでアトラ・クラは壊滅ね。万々歳だわ」

「そうですな……ちっとも嬉しくないのは、何故でしょう」

「ユーリ様、知り合いを守るのにアンデッドを召喚するかもって。慌てて止めたけれど。衛兵の手配、お願いね」

「なるほど……ゆ、勇者様達におかれましては、こちらで手を回すのでご安心を！　と、強くお伝え下さい。騎士団を招集します。平時ではありますが、手段を選んでおれませぬ」

「はあ……頼んだわ」

流石の宰相も、始まる前から疲れた表情である。

アトラ・クラについては、宰相も王女も、情報の断片は掴んでいた。

王都の暗部を仕切る闇。腕利きの元冒険者を多数抱え、その上層部には『四天王』と呼ばれる実力者がいるという。

更に、決して表には出てこないが、首領は恐るべき戦闘力の持ち主らしい。

が、相手は表に出しちゃいけない四人組。王都に蠢く程度の闇で、相手になるとは思えない。

勢い余ったときのことを考えると、相手にして欲しくもなかったが、もはや手遅れ。

まるで、蛇を一匹あぶり出すのに、山火事を起こすようなもの。

何があろうと、とばっちりから王都を守らなければ。宰相の決意は、悲壮であった。

§

「よく来たな。だがここがお前達の墓場……ぐげっ」

「あー！　せっかくお約束の台詞だったのに！　最後まで言わせてやれよ！」

「知ったことじゃないわよ、こんなザコ」

王都の片隅。アトラ・クラの四天王が一人、『巨石の』デュークが潜むスラム街に、堂々と殴り込みをかけた冒険者達。

悲しいかな、二つ名持ちのデュークは、口上を言い終えることも出来なかった。

不死女王エレミアのモットーは、先制攻撃。まずは一発。続いて二発。三発で沈まなければ、更に一発。

人の話は、基本聞かない。

「ふはははは、余の左手に封じられた暗黒の力、受けてみるがよい！」

「あっ！　今、柱がボキッといったぞい！」

魔王ルキウスは力加減が下手である。並み居る敵をしばき倒すと、つい手元が狂って、壁とか柱を壊しちゃうことが、けっこうある。

とはいえ、他の面子が手加減上手かといえば、そんなこともなく。

「ボクの新しい武器を、遂に使うときが来たみたいだね……！　さあ皆、とくとご注目あれ！種も仕掛けもない手品をお見せしよう！」

集まったチンピラ達を前に、優雅に一礼。キザなポーズと共に、日傘をくるりと回すリリー。

何だ何だと、怪訝な顔をした男達だが、次の瞬間、一斉に顔を引き攣らせた。

日傘が妖しく輝きだしたかと思うと、その姿を別なものへと変形させていき。

「あら不思議、日傘がハンマーに早変わり！　これがボクの武器ってわけさ！」

なんと日傘が、凶悪なウォーハンマーになってしまった。種も仕掛けもない、純然たる暴力の化身である。

どう見ても恐ろしく重そうなそれを、軽々と素振りして、可愛らしくニコリと笑うと。

えいっ、と子供みたいなかけ声で、ハンマーを地面に叩き付けた。

「ひいいいいいいっ!?」

ズドン！　と大砲でも着弾したような音が響き、衝撃波でチンピラ達がすっころぶ。

「うーん、ウォーハンマーは響くね！　凄い音だよ！」

空恐ろしいことに、これが試し振りなのである。

使用感を確かめるように、ガンガンとウォーハンマーを打ち付けるたび、周囲を地震みたいな振動が襲って、チンピラが戦意を喪失する。道路にはクレーターが空いていた。

「やるのう、リリー！　じゃが市街戦の華といえば、やはり魔法なのじゃ！」

触発されてしまったルウィが、魔法の矢を降らせてみせる。

怯えるチンピラの横に降り注ぐ攻撃魔法。いくらチンピラとはいえ、あんまりである。

アルゴスとソニアは、ロープで拘束する役になっていたが、「早く縛ってくれ！　あ、あんな目に遭いたくねえよぉ……！」と懇願するチンピラは哀れですらあった。

王都の奥深く、衛兵もあまり寄りつかないスラム街。そこに長らく巣食っていたアトラ・クラは、こうしてあっさりお掃除された。

拠点にしていた建物も、事が済んだ後で倒壊していた。やっぱり柱が壊れたり、地震が起きたりすると、ダメになる建物だってあるのだ。

なんだか、戦闘と言うより土木工事のようである。

「……酷すぎます……」

道案内をさせられたザヘルは、同じ四天王の余りにも哀れなやられっぷりに、目を覆った。

巨石のデューク。荒くれ者を率いた巨漢で、その鍛え上げられた肉体は矢をも弾くと言われていたが、エレミアの拳は弓矢の比ではない。

名乗りすら上げられず、配下のチンピラと一緒くたに積まれる姿を見て、非情な暗殺者の瞳にも涙が光る。

「デューク……貴方のことは嫌いでしたが、しかし、これは、余りにも……」

「あれ、これが四天王？　もう、ちゃんと指差しなさいよね。そしたら、念入りにぶん殴ったのに」

「一発で沈んでたじゃないですか！」

ポキポキ指を鳴らすエレミアは、「物足りないわねー」と空恐ろしいことを言う。そのバトルジャンキーっぷりを横目に、ユーリはかえって落ち着いていた。

「あれ、思ったより手応えがないなあ。もうちょっと、こう、熱いバトル展開になると思ったのに」

「そうだな。余も、もう少しこう、邪神の使徒みたいなのを期待したのだが」

街のチンピラにそんなの期待しないで欲しい。

「うーん、ウォーハンマーは思ったより平和的な武器だね！　地面を叩くだけで、皆降伏するんだから！」

「そうじゃね。誰もクレーターにはなりたくないからね」

リリーのぶっ飛んだ感想に、アガメムノンが白目になる。

もちろん、ウォーハンマーはそんな使い方をする武器ではない。

「まあいいわ。次行くわよ、次！　ほらザヘル、次はどんな四天王が待ってるの？」

「ご、ゴーレム使いのドミニクです……仲間を売るのは気が進みませんが、こうなったらもう、なるべく早く済ませて下さい……」

　さて、街中でドッカンドッカン破砕音を響かせて、ついでに建物を倒壊させたりしていれば、そりゃ誰だって「何か起きてる」と気付くもの。

　騎士団を召集した宰相は、悲壮感に満ちた表情で語りかける。

「聞こえたであろう。もう、始まってしまった……！　勇敢な騎士達よ、王都の未来は皆にかかっておる……！　勇者様による二次被害を、何としても食い止めて欲しい！」

「は、はあ……」

　集められた騎士団は、何だかよく分からない話に首を傾げていた。

　二次被害を防ぐの？　勇者様を助けるんじゃなくて？

　そう疑問に思うのは、当然と言える。

　そこに、ガチャガチャと鎧の音を響かせて、一人の男と、女騎士がやって来た。

「はっはっは！　水くさいぞ宰相殿！　勇者殿がお困りとあらば、このミケル、命さえ惜しまぬものを！」

「私も父と参加します、宰相閣下」

赤毛の髪を短く刈り上げ、筋骨隆々たる体躯をした壮年の男。王国に仕える歴戦の勇士であり、部下の信頼も篤い将軍である。

横に控える女騎士は、美しく凛々しい顔立ちをした赤毛の美人だ。

「勇者殿には、何度命を救われたか。おいお前達！　今こそ、ご恩に報いるときぞ！　愚かにも勇者殿に刃を向けた、王都の破落戸《ごろつき》どもに、我らが剣の味を教えてやれ！」

「「「おおおおおっ！」」」

宰相の懇願と違って、勇猛なアジテーション。騎士団ははっきりと目的を与えられ、剣を抜いて天に掲げると、熱く雄叫びを上げる。

「み、ミケル将軍……」

「任せられよ宰相殿。このミケル、命を賭して、勇者様をお助けしようぞ！」

いや、出来れば勇者様を引き留めて欲しいんだけど。

そんな宰相の願いも届かず、勇猛果敢な将軍ミケルに率いられ、騎士団は意気揚々と出陣していった。

さて一方、トラブルメーカーズと仲間達はというと。

王都の城壁を出たすぐ近く、今は使われていない見張り塔にやって来ていた。

「ここは、邪神の使徒から王都を守るため、急ごしらえで作られた見張り塔です。結局、使われることもなかったので、我々のアジトとして盗用していたのですよ」

「へー。まあ、使わなくてよかったじゃん」

「で、あるな。しかし、それを貴様らが使うとは、因果な話よ」

「ううむ。つまり、使ってないから、壊してオッケーと……」

竜王の（短絡的な）叡智に、アルゴスが顔を顰める。ソニアは天を仰いで、さてどう言ったものか、頭を悩ませていた。

そこへ、塔の真上から、大きな笑い声が降り注ぐ。

「ほっほっほ、やはり来たかトラブルメーカーズよ！　それに裏切り者のザヘルめ、この儂、『ゴーレム使い』のドミニクが相手をしてやろう」

「おお、魔法使い！　わしの枠じゃぞ！」

遂に名乗りを上げることが出来た、初の四天王である。黒のローブを纏った老人という風采は、いかにも悪の魔法使い。

これなら魔法が試し撃ちし放題！　とばかり、ルウィは大喜びである。

「くく、威勢のいい小娘よ。この塔の、頂上までやって来れたなら、儂が自ら相手をしてやろうぞ。じゃが知るがよい。塔にはわしが作り出したゴーレムが、うようよと……」

「よーし、それじゃ早速塔をぶっ壊すのじゃ！　リリー、ハンマーで塔をぶっ叩いて、ダルマ落としみたいに短くするぞ！」

「え、ええー……ウォーハンマーって、そんな使い方、するのかな……？」

「大丈夫、リリーの腕なら、ちゃんと土台もぶっ壊れるのじゃ。それに、こんなスケールの大きなダルマ落としは、滅多に出来ぬよ？」

「確かに、そうだね」

恐ろしい相談である。ソニアは慌ててストップをかけようとするが、ユーリに腕を掴まれ、引き留められた。

「え、ちょっと、ユーリさん？」

「うーん。ゴーレムってさ。マスターがやられると暴れ出すタイプのもいるんだよ。悪いけど、この塔は丸ごと壊した方が安全だと思う。俺達はいいけど、ソニアさんは危ないし」

「そ、そうですか……」

「俺の後ろにいてくれれば、ま、大体の攻撃は防げるし！　この塔は、必要な犠牲だったな、ってことで……！」

ずいっとソニアの前に出て、やる気満々のユーリである。実際のところ、一番危ないのはルウィの流れ弾だと、勇者は確信していた。

賢者ルウィ。その実力は、邪神の使徒くらいにはある。

「よし、じゃあボクがひとつ、ダルマ落としをやってみよう！」

「は、はあ？　何を言っておるのじゃ、この娘？」

いきなりハンマーをひっさげ、塔の近くにやって来たリリーを見て、ドミニクは混乱する。入り口を開けるのかと思いきや、そんなこともなく、ただ塔の真横に突っ立って。

そのまま、せーの、と気の抜けるようなかけ声と共に、耳をつんざく轟音が周囲一帯に響き渡った。

「な、なんじゃ！　一体何が起きたのだっ！」

「ぐううっ！　こいつは、すげえ振動だ……！」

「きゃあっ！」

ダルマ落としの開始である。

まず初撃で、塔の一階部分が粉々に粉砕された。上からドスン、と上階部分が落ちてくるが、まあ、当然綺麗に落ちるわけがない。

ズズズ、と嫌な音を立て、そのまま崩壊し始める。

「わ、儂の作り上げたゴーレムが……！　アトラ・クラ非常要塞が……！」

ドミニクは浮遊術を使って宙に浮き、手塩にかけて要塞化した塔が崩れ落ちるのを、呆然と見ていた。

「うわっ、これは危ないね！」

一方、下手人であるリリーはといえば、塔の崩壊をダッシュで切り抜け、危ない危ないと、白々しいことを言う。

ギルド長アルゴスは、その余りにもダイナミックな攻略法に、口をあんぐり開けていた。

最初こそ、親友の忘れ形見を狙った組織に目にもの見せてくれる！　と息巻いていたのだが、こんな光景を見せつけられたら、思い浮かぶのはただ一つ。

オレ、しーらね。

という、責任放棄である。

一方、本来ストッパーになるべきギルド員、ソニアはというと。

「ゆ、ユーリさん……」

「いやー、派手にぶっ壊したなあ！　ははっ、地震みたいじゃん！」

塔の崩壊の衝撃に、倒れ込みそうになったところを、ユーリに抱きかかえられていた。

ユーリはソニアをお姫様抱っこして、悪ガキみたいに笑い、崩壊を見物している。その手際は余りにもスムーズだ。離宮で毎日女の子を抱き上げているだけはある、磨き上げられた熟練の技。

吊り橋効果のせいだろうか。ソニアにはそれが、誰かを守り慣れた手なのだと、そう感じられてしまった。

「ちょっとヤリチ○。いつまでそうしてるのよ」

「そうだぞ。これからあのババアの魔法合戦が始まるのだ。色ボケしている場合か」

「おっと、そりゃそうだ。じゃあソニアさん、俺の後ろにいてくれる？」

「は、はい……」

「うむ。気を引き締めてかからぬと、のう」

スラムに殴り込みをかけたときより、よっぽど真剣な様子を見せるトラブルメーカーズ。

彼らをして緊張せしめる、暗黒大陸の賢者ルウィは、もう魔法を撃ちたくてたまらない！

とウズウズしていた。

§

「わーっはっはっはっは！　これは愉快！　実に愉快なのじゃ！」

王都郊外。ルウィの高笑いが空に響き、アトラ・クラ四天王の一人、ドミニク目がけて雷の雨が降り注ぐ。

かと思えば、突如炎の嵐が吹き荒れたり、氷柱の槍が飛び交ったりと、見るからに危ない魔法のオンパレード。

かつて砦があった場所はとうに原型を留めておらず、辺りはクレーターだらけで、見物するギャラリーの脳裏には、そろそろ環境破壊の四文字が浮かんでくる。

「ぐ、ぐおおおお！　き、貴様、一体何者……！」

ゴーレムは破壊されたドミニクだが、彼は一流の魔法使いでもある。アトラ・クラ四天王として、王都を震え上がらせた、外法の魔術師なのだ。

しかしそんな彼も、ルウィとの一騎打ちには、背筋が凍る思いだった。

上位の魔法使い同士、空中戦でしのぎを削るはずだったが。矢継ぎ早に撃ち出される魔法の数々が、いつまで経っても終わらない。

「んー、次は何を試そうかのう。悩んじゃうのじゃ。よーし、ここは同時に試しちゃうぞ！」

「し、四属性の同時行使、じゃと……！」

いつになったら魔力が切れるのか。

そもそも、一体どれほどの種類の魔法を使えるのか。

同じ魔法使いとして、全く底が見えなかった。

「ほれほれ、ちゃんと避けるのじゃぞ？　次に試すのはとびっきり！　こいつは、当たると気絶では済まぬのじゃ！」

「わ、儂を弄ぶとは……ぬおっ！」

今度は恐ろしい速度で噴き出した水流が、彼の杖を掠めていった。

いかなる原理か、水流に触れた部分は、鋭利な刃物でパックリと切られたように失われている。

なんで水の魔法で物が切れるのか。理解の埒外にある出来事に、ドミニクの心はポッキリ折れた。

「うわー、ウォーターカッターか。ルウィ凄いな。どうやって術式組んだんだろ……うーん、あれをこーして、でも、えー、拡散しちゃうはずだけどなあ……」

「ゆ、ユーリさん？」

いつになく真剣な目で魔法を見つめ、自分の世界に入り込んで、あれこれ呟くユーリ。

ソニアはそれを見て、この人ちゃらんぽらんなだけじゃないんだ、と見直していた。不良が子犬を拾うといい人に見える現象である。

「……なんかこれ、いたたまれねえな……」

「そろそろレフェリーストップじゃないかのう……」

アルゴスとアガメムノンは、だんだん老人虐待の体を成してきた空中戦に、ため息を吐いた。

ルウィはノリノリであるが、ドミニクの方は障壁を張るだけでいっぱいいっぱいなのが目に見えている。

というか、瞳に絶望が広がっていて、今にも気を失いそうだ。

「おーいババア！　いい加減にしろ！　ババアがジジイを虐める絵面は、あまりにも陰惨……ぐおおおおっ！」

「ようし分かったぞルキウス坊主！　そこのひよっこより先に、貴様の息の根を止めてくれるわ！」

「沸点が低すぎるのだババア！」

突如始まった、暗黒大陸の賢者VS在位の魔王による大決戦。

それを横目に、恐る恐る降下してきたドミニクは、おずおずとリリーの近くにやって来て、こう切り出した。

「のう、お嬢さんや……いたいけな老人を助けると思って、あの恐ろしい魔法使いに、儂のことを取りなしてはくれぬかのう……？」

「……あ、うん、もちろんいいけど……はあ。ルウィも可愛いんだけど、ちょっと怒りっぽいのが玉に瑕だね」

「ちょ、ちょっと……？」

こうして四天王ドミニクは、進んで降参し、大事に至らず済んだ。

もちろん、アトラ・クラの幹部が「いたいけな老人」のわけないので、普通にロープで縛られたが、うなだれる姿は哀愁を誘う。

「ドミニク……貴方まで、こんな目に遭うとは……」

「うーん、何だかつまらないわ。最後の一人は、もっと歯ごたえのある相手なんでしょうね？ザヘル」

「鬼ですか……！」


「なんだ、悪寒がするな……」

アトラ・クラ四天王の一人、『夜風の』アルは、突如襲ってきた悪寒に身を震わせた。

今日はずっと、不吉な予感が続いている。

ザヘルが裏切り、デュークは連絡が途絶。ドミニクのいる砦からは、巨大な轟音が鳴り響いてきた。

あのドミニクだ。強大なゴーレム使いにして、老獪なる魔法使い。

轟音も、彼の魔法によるものに違いない。

……そう思い込もうとして、どうしても、敗北するドミニクのイメージが拭えない。どうしてか、あのふざけた名前の冒険者に、『勝つ』イメージが浮かべられなくなっていた。

「頭っ、そこの通りも騎士団が！」

「そこら中、兵士だらけです！」

彼が率いるのは、アトラ・クラの盗賊部隊。時には誘拐や人身売買にも手を染める。ヨラム男爵のパートナーでもあった。

そこで、トラブルメーカーズへの囮として、男爵が捕らえていた娘達を誘拐しようとしていたのだが。

行く先々に、完全武装の騎士達が待ち受けているとは、夢にも思っていなかった。

「やはり、王家のエージェントだったのかっ……！」

アルは唇を噛みしめる。トラブルメーカーズとの数少ない接点を探れば、そこには必ず騎士団がいるのだ。

こうして勘違いを確信に変え、混迷を深めたまま、王都をさまよい歩く。

最後に辿り着いたのが、トラブルメーカーズが関わったという孤児院だった。

「頭、どうします？　見たところ、外には誰もいませんが……」

「情報によれば、奴らがここで一悶着起こしたらしいな。見張りがいないのはここだけだ！　ガキの一人か二人攫って、交渉材料にするしかない！」

そうして、孤児院の周囲を取り囲み。

いざ突入、という瞬間だった。

孤児院の門が向こうから開き、ガシャリと、非常に嫌な音がする。

「よく来たな、悪漢どもよ！　一日千秋の思いで待っていたわ！　このミケル、ゆう……じゃなかった、さる御仁のため、貴様ら一網打尽にしてくれる！」

現れたのは壮年の戦士。その顔に、その名乗りに、アルは覚えがありすぎた。

歴戦の勇士、ミケル将軍。単騎で千を打ち倒すと謳われた、武門の誉れ。

その背後から続いて溢れ出すのは、その麾下にある精鋭中の精鋭達。

盗賊一団は、あまりにも予想外の事態に、思考停止に陥った。

どうして孤児院に、王国の将軍がいるの？

誰も理由が思いつかない。思いつかないが、相手は意気軒昂で、たかが盗賊相手に全力で突っ込んでくる。

「に、逃げるぞ！」

「間に合いません！」

多勢に無勢で、実力差もありすぎる。アルの一味は、あっという間に捕縛されてしまった。

第六章　動乱の王都（後編）

『ということで、勇者様！　こちらの騎士団が。四天王の一角を！　もう捕縛しましたゆえ！』

「あ、そうなんです？　いやー、流石宰相さん、仕事が早いなあ。こっちも、四天王を三人捕まえたんで、これでコンプだー！」

『おめでとうございます！　それでは、そろそろお開きということで……』

「んー、でもまだ首領が残ってるらしいんで、サクッとやっつけてきますね！」

『え……』

王都郊外。ドミニクを捕らえたユーリは、宰相と念話でやり取りしていた。四天王最後の一人、『夜風の』アルは、孤児院を狙って返り討ちにあったらしい。

「ちょっと、ひょっとして最後の一人、捕まったの？」

「だってさ。あの赤毛のミケル将軍、覚えてる？　もう、やる気満々だったたって」

「ぬぬ、中々格好いい二つ名なのだが……そうか、もう捕まってしまったか……」

「わし、今回全然活躍出来ないのう」

ちなみに、宰相からの連絡がバレると「秘密のエージェント」じゃなくなっちゃうので、アルゴス達から離れて話す四人であった。

円陣を組み、ヒソヒソ話す姿はとても怪しい。

怪しすぎて、リリーなどは眉をひそめている。

「……アレ、隠してるつもりなのかな？　かえって不審なんだけど」

「オレはもう、どうにでもなれって気がしてきたわ」

最初はあんなにやる気だったのに、ギルド長はすっかり投げやり気味だった。

目の前に原形を留めてない見張り塔があったり、自然破壊の爪痕が残ってたりすれば、後は野となれ山となれ！　と叫びたくもなるだろう。

しかしそれ以上に投げやりなのは、ザヘルだった。もう全身から、「どうにでもなーれ」という空気が溢れている。

「もう、煮るなり焼くなり、好きにすればいいんですよ……この際です、首領の情報も話しましょう。どうにでもして下さい」

「うむ、素直なのは良いことなのじゃ。わしも魔法が撃ち足りないし、首領とやらは、少しは出来るんじゃろ？　くふふ、実は、大量破壊魔法というのがあってな……！　これがもう、すっごいんじゃよ！　前に試し撃ちをしたら、丘が丸ごと吹っ飛んでのう！　あの赤々燃える炎は、見ててサイコーだったわ！」

「……な、なんと恐ろしいことを……」

ドミニクは目を丸くし、目の前の、幼い少女を装った悪魔を見ていた。

横で聞いていたザヘルは、悲鳴のような声を上げ、トラブルメーカーズを呼びつける。

「分かりました！　首領の居場所について、心当たりを話しますから！　さっさと終わらせて下さい！」

ザヘルが話した『心当たり』とは、王都から少し離れた場所にある、東部森林の何処か、だった。

この面子には、とても聞き覚えがある場所である。星詠みの乙女、メイアが目指していたところ。自分の死に場所だと言って赴き、肩透かしを食った場所。

「あそこかー。この間行ったときは、生け簀に夢中で、ロクに見回らなかったもんな」

「うむ。しかし返す返すも、あの生け簀は惜しいことをしたものよ……」

「じゃのう。まあ、メイア嬢を狙っておったし、仕方ないが……」

思い立ったら即行動。トラブルメーカーズの四人は、文字通り現地に「飛んで」来た。

流れで同行させられたザヘルとドミニクはげっそりしているし、ソニアとアルゴスも疲れ気味。

一方、元気いっぱいなのはルウィとリリーである。やっぱり同類枠なのだ。

「うーん、何だか危険なモンスターとかが潜んでそうな場所だね！　遺跡もあるっていうし、ロマンを感じるよ！」

「さっさと首領とやらを見つけて、魔法をぶっ放したいのじゃ！」

そんな、好き勝手喋る一行が辿り着いたのは、東部森林の遺跡。モンスター生け簀、もといエキドナの器がいた遺跡とは別の場所だ。

古代の墳墓だったと思しき建物に、アガメムノンの鼻がクンクン反応。

「ここから怪しい匂いがするのう」

という鋭い嗅覚により、真っ直ぐ墳墓に突っ込もうとする四人。

そこに、落ち着いた男の声が響き渡った。

「……来たか、トラブルメーカーズよ。四天王を倒していい気になっているようだが、この私、マルキオンを相手にしたのが運の尽きだ。覚悟せよ」

それは、白髪を長く伸ばした、長身の男だった。上半身は裸で、肌の至る所に幾何学的な紋様が刻み込まれている。腕や胸元には、ひどく古い様式のアクセサリーを付けていた。

見た目は20代の後半ほどだが、その異様な外見、見た目通りの年ではないだろう。

遺跡の屋根に立ち、やって来た侵入者を睥睨して、つまらなそうに笑う。

「私にしてみれば、アトラ・クラも王都も、オマケに過ぎない。本当の狙いは、この遺跡だ。そう、貴様達が王都と呼ぶこの地は、本来ならば……」

という、真面目な口上に、当然のように入る横槍。

「おおー、全部喋ってくれる系のひとだ！　今まで相手した連中って、割と問答無用だったからなあ。新鮮だぜ！」

「うむうむ、気持ちは分かるぞ。敵を前に、高いところに昇って自慢話。これぞ悪役の花と言えよう」

「はあ？　ハッキリ言ってムカつくんだけど。この私を見下ろすとはいい度胸だわ。一発ぶち込んでいい？」

「……エレミアや。わしら、そんなだから、チンピラみたいって言われるんじゃよ？　人の話くらい、ちゃんと最後まで聞こう？」

トラブルメーカーズの四人は、残念ながら、空気が読めないのである。

マルキオンは静かに怒ったが、それを表面には出さなかった。今まで相手にした敵の中で、ダントツにふざけた連中だが、それが策略なのかも知れぬ。

アトラ・クラの首領マルキオンは、決して油断はしないのだ。

「そうしていられるのも、今だけだ。見るがいい、古く偉大なる墳墓の守り手を！」

ズズ、ズズ、ズズズズ。

それは地面が揺れる音。

ゆっくり、次第に激しく、まるで地下深くで、何かが身悶えするような。

「ちいっ、こいつはマズイぞ！　悪い予感がする！」

「な、何が起きてるんですかっ……！」

そして『それ』が現れた。墳墓の下から紫がかった灰色の手が、大質量の土砂をかき分け、姿を現す。

驚くべきは、その巨大さ。手のひらの上に、マルキオンが乗れるほどだ。

「オオオオオオオ！」

『それ』は地下から這い出て、幾百年ぶり、いや、幾千年ぶりなのか。大地に立ち、青い空を見上げ、おぞましい声を上げた。それはどこか、不吉な産声めいている。

これから何か、ひどく悪いことが起きる。そう、アルゴスとソニアに確信させる声だ。

見上げる姿は、全高にして50メートルはあるだろう。

正しく『巨人』だった。

そして、それを見守っていたユーリの反応はというと。

「うっひゃー、こいつはでっかいな！　すっげー、見ろよ、巨人だぜ巨人！」

これである。

§

「きょ、巨人……」

むくりと立ち上がり、吠える巨体。その威容に、ソニアは背中が凍り付くような思いだった。

巨人の顔は無貌だ。目も鼻もない、のっぺらぼう。ただ口だけが存在する。ソニアが今まで見てきたモンスターとは比べものにならぬ、不吉な姿。

本能が叫ぶ。魂が泣く。アレは、アレは人が御せるものではないと。

災害そのものとしか思えぬモンスター。その顎門が開き、口の奥から赤い光が覗いて、それが何か、破滅を齎すものだと認識しても。

足はガタガタ震えて、動けない。瞳はただ、迫り来る破壊を、見つめていることしか出来ない。

それなのに、何で、この人は笑っているんだろう。

「うっひゃー、こいつはでっかいな！　すっげー、見ろよ、巨人だぜ巨人！」

ユーリは大袈裟に両手を振るい、目の前の脅威に興奮している様子だった。

目の前の巨人と同じくらい、理解に苦しむその姿。

だが次の瞬間、赤い光が溢れ出し、全てを呑み込もうとする。

「あ……」

終わった。

そう思った、瞬間だった。

「おっと危ない。うーん、お約束だぜこのモーション！」

「うそ……」

再びのお姫様抱っこ。ただし、今度は宙に浮いていて。

巨人の頭の、遙か上空。一瞬で空中に転移したユーリは、カラカラと笑っている。まるで、これくらいのこと、脅威ではないかのように。

アルゴスはアガメムノンの脚に掴まれていた。あまり快適ではない空の浮かび方である。だが、ザヘルとドミニクはもっと酷く、ロープに縛られたまま、ルウィに宙吊りにされていた。

リリーは自力で空を飛びながら、真剣な顔で巨人を見据える。横を見れば、ルウィの顔からも、笑みが消えていた。

皆、大なり小なり、この事態に驚いているのだが。

トラブルメーカーズの四人組は、まったくテンションが変わらないのだ。

「うーむ、この巨人、どこかで見たことがあるんじゃがのう……あれはいつじゃったか、記憶が怪しいのじゃ……」

「ボケドラゴンめ、年の功とは言っても、思い出せなければ意味がないのだぞ！」

「二日前のツケを忘れるお主に言われたくないわ！　よしっ、エレミアは四天王倒したんじゃし、ここはわしの出番ということでひとつ……！」

「待て、それを言ったら余だって、まだ四天王の一人も倒しておらぬのだ！　ここで活躍したいぞ！」

「ちょっと、私はあれが四天王だなんて、知らなかったのよ！　ノーカンよノーカン！　このデカブツをぶっ飛ばす権利は、私にもあるわ！」

「じゃあ、平和的にジャンケンしようぜ！」

平和的。平和的とはいったい……

本当にジャンケンを始める四人組を横目に、ルウィは大きくため息を吐く。リリーは『ドラゴンってジャンケン出来るんだ……』と変なところに感心していた。ひょっとすると、現実逃避も混じっていたのかも知れない。

そうして、結果は。

「よっしゃ！　それじゃ真打ち、この俺ユーリがお相手するぞ！」

「ゆ、ユーリさんっ!?」

「まあ、正直言うとさ、俺もけっこう怒ってるんだよ。人の知り合いに手を出して、タダで済むと思ったら、大間違いだからな！」

ぎゅっと、ソニアを抱く手に力が篭もる。

その力強さに、ソニアは不思議な安心感を覚えた。こんな災害級の事態だというのに、どうしてだか、こうしていれば大丈夫という、確信が芽生える。

「それじゃちょっと詠唱するわ。ルキウス、エレミア。防御よろ！　アガメムノンは、ギルド長を落とさないように気を付けろよ！」

「うげ。貴様、詠唱するのか？　そこまでしなくていいだろう、このデカブツ」

「うわ、本気？　勘弁してよね……」

「うーん。ギルド長、もし脚がすっぽ抜けても、ちゃんと拾うから、責めないで欲しいのう……」

「うおい！」

詠唱。そう聞いたときの、三人の顔はそっくりだった。口をへの字に曲げての、本気で嫌そうな顔である。

吊り橋効果で判断力が鈍ったソニアはともかく、アルゴス達は何か、巨人よりも不味い事態を予想してしまう。

何せ、トラブルメーカーズの連中は、巨人相手にも嫌な顔一つしてないのだ。

「……墳墓の守り手を前に、その態度。その余裕だけは褒めてやろう」

巨人の肩に乗ったマルキオンが、上空を見上げ、嘲るように笑う。だがそれも一瞬のこと。

「魔法型定義。水魔法アクア、光学魔法レーザー。該当モジュールをインポート。エントリポイント、アクアトラップ。コールバック魔法クロスファイア・レーザー。アクターゼロから255をスポーン。サブプロセス、ケージ作成」

ユーリが目を閉じて唱えるのは、呪文だ。文字通りの意味での呪文。そこにいる誰しもが、聞いたこともなければ、理解も出来ない呪文。

変化はすぐに訪れた。ずぶずぶと、巨人の足下の大地が沼に変じ、その巨体をぬかるみに嵌めたのだ。

マルキオンは顔を驚愕に歪め、周囲に漂う異様な雰囲気に息を呑んだ。ユーリの呪文は続き、言葉が紡がれるたび、空中に光の線が描画される。それは三角形を幾つも連ねた、奇妙な図形だ。

「う、撃て！　あいつに、魔法を完成させるな！」

命令に従い、巨人が再び顎を開く。

即座に放たれた赤い光は、しかし、勇者まで届かない。

「頼りにされたからには、仕事するわよ。私の拳で砕けないものが、あると思う？」

「ふはははっ、余の暗黒は全てを包み込むのだ……！」

ルキウスが空中に黒い防護壁を傘のように広げ。

エレミアが拳を突き出し、赤い光を殴って物理で散らした。

砕け散った光が、四方八方に拡散して、地面を揺らす。

あまりにもデタラメな防御方法に、マルキオンは硬直する。そこに、最悪のタイミングで、ユーリの魔法が完成した。

「エレミア、ルキウス、サンキュー！　デカいのいくぞー、気を付けろよ！」

「ちょっと、少しは加減しなさいよ！」

「おいババア、障壁を最大にしろ！　このアホは、時々限度というモノを忘れるのだ！」

「みんな、目を閉じるのじゃ！　目が潰れるぞい！」

光の線が完成する。描き出した姿は、砲身だ。巨人を取り囲み、無数に設置された光の砲台。

その数は２５６。

「あ……」

絶望のあまり、マルキオンが口を半開きにした瞬間だった。

まるで太陽が地上に降りてきたような、猛烈な閃光が周囲を真っ白に染め上げる。

遅れてやって来るのは、もはや音ではなく、衝撃に等しい轟音だ。

遠くから見れば、それは巨大な光の柱が突き立ったように見えただろう。

「う、うおっ、これは何なのじゃ……！　い、一体、どういう原理の魔法なのじゃ、これは……？」

一番呆然としていたのは、ルウィだった。曲がりなりにも暗黒大陸の賢者と呼ばれ、数多の魔法を修めた彼女でさえ、こんなものは初めて見る。

「きゃっ！」

ソニアは無意識に、ユーリにぎゅっと抱き付いた。その豊満なバストがぽよんと当たり、勇者は大変だらしない顔を見せるが、それも一瞬。

（あっぶねー、シリアス、シリアス！）

ちょっとくらい、いいところ見せないと！　と、キリッとした表情を断固維持する。維持しながら、おっぱいの柔らかさに集中した。

そんなとこに集中したのが不味かったのだろう。レーザーは出力を続け、どう考えてもオーバーキル気味に大地を削り続けた。

「あ、あああ……そんな、馬鹿な……」

ご丁寧に、わざわざ安全な場所へ転移させられたマルキオンは、空中に浮かぶ光の檻に捕らえられ、その光景をまざまざと見せつけられた。

最初の一撃で、巨人は跡形もなく蒸発。今やレーザーは標的を見失い、大地をひたすらに削り続けている。

その穴の深さは、まさに奈落そのもの。

そして仲間達からは、苦情がいっぱいだ。

「あーっ、うっさいわね！　もう吹っ飛んだでしょ、あれ！　さっさと止めなさいよ！」

「わ、わし、そろそろ脚が震えてきた……！　ギルド長、落としてもランクダウンは勘弁して欲しいのう……！」

「ふっざけんな！　お、落とすなよ、絶対落とすな！　落としたらFランクだ！」

「あいたたた、あの光、ちょっと見てしまったぞ！　余の目が潰れたらどうしてくれるのだ……！　もうちょっと周囲に優しい魔法を使え！」

「おっと、悪い悪い！　ね、念には念を入れたんだよ、うん！　ほら、あの地下、もう2、3体いたりするかもじゃん？」

言えない。ソニアさんのおっぱいに集中してました、とは、言えない……！

慌てふためくユーリの言い訳は大変に情けなかったが、その結果は壮絶だ。マルキオンは完全に戦意を喪失し、がっくりうなだれ、身じろぎもしない。

やれ耳が痛い、目が潰れる、と皆に大不評な魔法だったが。

それとは異なる想いを抱くのが、二人だけ。

「ユーリ、さん……」

きゅっとユーリに抱き付いて、猛烈すぎる吊り橋効果に頬を染めるソニアと。

「ふ、くふふ、わし、濡れちゃったのじゃ……」

あんまりよろしくない性癖を目覚めさせた、ルウィである。

こうして、色んな人の心を折りつつも、王都を揺るがしたアトラ・クラとの戦いは幕を閉じた。

そしてギルド長は心に誓った。このデカい穴は、古代遺跡の暴走ということにしよう、と。

§

「かんぱーい！」

夜の王都。下町の酒場に響き渡る、冒険者達の乾杯の音頭。

一仕事終えた冒険者の、ささやかな喜び。仲間同士、生きて帰ったことをねぎらっての、どんちゃん騒ぎだ。

が、今日の主役は、少しばかりタイプが違う。

「うーむ、返す返すも、四天王フルコンプが出来なかったのは惜しいな……夜風のアル、一度は会ってみたいものだ。良い二つ名ではないか」

「割とあっさり捕まったたって、ミケル将軍に聞いたけどなあ。二つ名が格好いいからって、本人が格好いいかは別問題だろ」

「夢のない奴め……！　うー、しかし、未だに頭がガンガンするぞ！　貴様があんな魔法を撃つからだ！」

「そうよ、私もまだ耳鳴りするもの。酒でも飲まなきゃ、やってられないわ」

「お主ら、今回の陰のＭＶＰはわしじゃぞ！　もしギルド長を落っことしてたら、わしら全員Ｆランクだったんじゃ！」

やたらと騒がしく、やたらと目立ち、やたらと危ない話ばかりする四人組。

一仕事終えた問題児組である。

「はいっ、注文のエール五つに、ワインが二つ。それと、お嬢さんには、林檎ジュースね」

そこへやって来たのは、トラブルメーカーズとも顔馴染みのウェイトレスだ。顔にはっきり、「またこいつらか」と書いてある。

「えー、わしもエールを注文したはずなのじゃ！」

林檎ジュースを渡されたルウィが、注文違いを訴えるが、ウェイトレスには通用しない。

「あのね、お嬢さん。アナタみたいな年頃からお酒を飲んだら、あんな大人になっちゃうのよ？」

指差された『あんな大人』達四人は、まさにエールをがぶ飲みしているところであった。くうー、とか、ふはー、とか、大変にだらしない声を上げ、ツマミをもっしゃもっしゃ平らげている。

「あの人達、時々、昼間っからああしてるの。あたし、お嬢さんには、あんな大人になって欲しくないの。分かった？」

「えー。何か、凄くひどい言われ方してるんですけど……」

「言われたくなかったら、当酒場での賭博はお控え下さいね？」

絶対零度の笑みを向けられ、ユーリはさっと下を向いた。

慌てて残り三人も、隠れるように顔を俯ける辺り、チームワーク抜群である。

「うー、わし、とっくに大人なのに……」

「まあまあルウィ。ルウィは可愛いんだから、そう言われるのも仕方ないさ」

「リリーは優しいのう……暗黒大陸のクソ坊主どもとは大違いなのじゃ……」

普段の酒盛りは、トラブルメーカーズの四人でやることが多い。そこに今日は、リリーとルウィが参加していた。そして、

「はあ……オレ、今回の報告、どうすりゃいいんだろうな……」

「ぎ、ギルド長……き、きっと、どうにかなりますよ」

カウンターで項垂れているのが、ギルド長のアルゴス。横で慰めているのが、受付嬢のソニアである。

二人にとって、今回の事件は『嵐のような』と言うのも生温い体験だった。

ソニアは暗殺者に身を狙われ、王都の暗部がなぎ倒されるのを目撃し、最後には、巨人退治まで見る羽目になった。もはや、神話の世界としか思えない戦闘だ。

アルゴスも、『巨人退治の言い訳作り』に悩んでいるわけではない。今日一日、トラブルメーカーズ＋2の戦いっぷりを見て、絶対ワケありの連中だと確信したのだ。

「あんなのおかしいだろ、絶対……」

「それは同意します」

ゴーレム使いの砦を破壊し、一方的に叩きのめす手並みも。

神話の世界に出てくるような大魔法で、巨人を蒸発させた光景も。

『彼ら』が、相当なワケあり、特大級の大物だと、嫌でも思い知らされた。

「大体、なんであんなにスムーズにコトが進むんだよ。おかしいだろ」

「何だか、まるで待ち構えていたみたいでした」

アトラ・クラの首領と幹部を連れて王都に戻ってみれば、もう凄い速さで騎士団とお偉いさんがやって来て、後始末を引き受けてくれたのだ。

天変地異みたいな戦いをしてたのに、誰もそれを気にした素振りがない。

「あいつら、まさか、マジでお偉いさんの知り合いなのかねえ」

「エージェントとは思えないですけど、何かしら繋がりがあってもおかしくないですね」

でもなあ、という目で見つめる先には。

「つまり、金を賭けなければよいということだ！　ということで、今日は食い物を賭けるとしよう！」

「乗った！　それじゃヤリチ〇、トランプ出して！」

「だから、俺はヤリチ〇って名前じゃねーよ！　で、ルールどうする？　大貧民？」

「そうじゃのう。リリーとルウィは、ルールを知らぬし、まずはババ抜きでどうじゃろう」

「だーかーら！　ウチの店で賭け事すんなって、言ってんでしょ！」

「「「うぎゃっ！」」」

ぷんすか怒ったウェイトレスに、思い切りトレーで頭をぶっ叩かれる四人組。

何というか、ここまで『お偉いさんとの繋がり』を感じさせない連中も、珍しい。

場末の酒場でウェイトレスにどやされる連中が、お貴族様相手にやっていけるだろうか。

素性を考えれば、ある意味、完璧なカモフラージュであった。

問題は、それがガチで天然、ということである。宰相の頭痛のタネは尽きない。

「ふー、あいつらすげーペースだな。絶対二日酔いだぞ、あれ」

「あ、ユーリさん。一休みですか？」

「ソニアさん。ええと、まあ、そんなとこ」

他の客も巻き込んでの酒盛り。そこから外れて、カウンターにやって来たユーリ。そこには、酔い潰れたアルゴスと、ちびちびワインを傾けるソニアがいた。

「今日は、どうもありがとうございました」

「ああ、アトラ・クラの連中？　あんなの、大したことじゃないよ」

「それ、本気で言ってますか？」

「え？」

ずずいっと近寄って、大きな瞳を輝かせ、じっとユーリを見つめるソニア。

よくよく見ると、その頰は赤く染まっていて、酔いが回っているのが明らかだ。

「危険な組織を相手にして、あんな巨人を相手にして。大したこと、ないんですか」

「うーん。でもあれくらい、わりとよくあったもんなあ」

ポロリと零れ落ちたのは、決定的な言葉。

あれが、わりとよくあったと。そんな風に言い切れる人物など、今この世界に、一人しかいない。

その瞬間、ソニアは確信する。このヘラヘラ笑う青年、ユーリの正体を。

「……鳥籠の、勇者様」

「ふえ？」

「ふふっ。こんな噂話、知ってますか？　世界を救った勇者様は、心に傷を負って、王宮の中に閉じこもっているって。まるで傷ついた小鳥だから、鳥籠の勇者様、って噂されてます」

「マジすか」

「本物は、こんなに元気いっぱいなんですね」

「……ば、バレてる!?」

ユーリは焦った。一応、秘密の冒険者活動なのだ。

無計画に中出ししてる男が、『ドカンと稼げる仕事で、夢を追ってます』とは、外聞が悪すぎる……！

「大丈夫です。誰にも、言いませんよ。というか、言えるわけないじゃないですか、こんなの……」

「はー、安心したぁ……俺、結構しょーもない理由で冒険者始めたんで……」

ほっと一息吐くユーリ。その鼻に、仄かに香るいい匂い。

ふと見れば、本当にすぐ近く、それこそ顔が触れ合ってしまいそうな距離にソニアの顔があって、あっと驚く。

間近に見ると、本当に綺麗な人だ。

異世界ならではのピンク髪。くりくりとした瞳が目を引く、愛らしい顔。今はお洒落な私服姿だが、その胸元は、とてもよく育ったバストによって大きく持ち上がっている。

ギルドの制服であるブレザーの胸元、そこから覗く谷間を、毎度チラ見ししていたユーリだ。

この接近には、うろたえながらもドキドキしていた。

なにせ、今日はこのおっぱいに触っているのだ。

こんなの意識してしまうに決まっている。

そこへ、止めの一撃がやって来た。

「ね……ここ、抜けちゃいけませんか？　二人で、落ち着けるところに行きません？」

勇者は反射で首を縦に振った。

§

「んっ、ちょっと飲みすぎちゃったかも知れません……」

「だ、大丈夫？」

夜の王都。ネオンの代わりに、魔力灯の明かりが瞬く繁華街を、大人の美人と腕組みして歩く。ソニアは可愛い系の美人だが、その胸の膨らみは圧倒的。

露出の少ない私服でも、きゅっと抱き付かれれば、深い谷間に腕がすっぽり挟まってしまう。

「ユーリさん、支えててくれますか……？」

「もちろんっ、任せて！」

体重を預けてくるソニアを連れ、幸せいっぱいで歩くユーリ。通行人がチッと舌打ちするが、全く気にならない。

「えと、何処行こうか……」

「わたし、いい店知ってるんです。こっちですよ」

そうして案内されたのは、シックで落ち着いた雰囲気のバーだった。

いかにも大人が一人飲みをしていそうな、ムードのあるお店。

正直、ユーリは少し気後れする。何せ、今まで酒といえば、荒くれ者の集まる酒場か、暗黒大陸の荒野と決まっていたのだ。

「あの。二人、いいですか？」

「いらっしゃい。どうぞ、こちらへ」

カウンターに腰かけて、バーテンダーのお姉さんに注文をする。

するのだが、こういう店が初めてなユーリは、何をどう頼めばいいか分からない。

「え、えーと……」

「女神の雫を、二つお願いします」

「……はい。それじゃあ、良い時間を」

さっと注文を決めてしまったソニア。その頬は上気していて、顔も赤くなっている。バーテンダーのお姉さんも、一瞬虚を突かれたようだった。

「ソニアさん？　大丈夫？　俺が言うのも何だけど、飲みすぎは良くないかなーと……」

「だ、だだだ、大丈夫ですっ！　え、えっと、女神の雫は、甘くて飲みやすいお酒なので……」

そのまま黙りこくってしまう。

変な雰囲気のまま、ユーリはお酒が出てくるのを待った。

そうして差し出されたのは、透明な赤の綺麗なカクテル。どれ、と口を付けてみれば、確かに軽めのドリンクだ。

「へー、ホントだ。甘くてジュースみたい」

アルコールも弱めで、これなら大丈夫かな、と思った。

「すぐに口を付けるなんて……ユーリさんって……ひょっとして、手慣れてます？」

「え、そういうマナーとかあるの？　ご、ごめん、俺、あいつらと酒場行ってばっかだし……」

「い、いえ、そういう意味じゃないです！　うん、お酒の飲み方ですよね！　大丈夫ですよ！」

なんだか話が繋がっていない。

繋がっていないが、何だかんだ、ソニアもカクテルを口にして。

夜の街の空気に当てられてか、しっとりと話を始めた。

「それじゃあ改めて。今日は本当にありがとうございました……凄く、格好良かったですよ、ユーリさん」

「え、てへへ、そ、そっかなあ。まあ、ソニアさんにはお世話になってるし、あれくらい当然ですよ！」

「あの巨人を見て、あ、わたし、ここで死ぬんだって思ったんです」

一瞬ユーリは固まった。さて、あの巨人を見て、自分は何と言ったっけ……。

「そしたら、ユーリさん、子供みたいに『こいつはでっかいな！』なんて叫ぶんですもん。ビックリしました」

「す、すみませんでした……アレ、シリアスでしたね、うん」

カウンターに突っ伏すユーリである。

「でも、あんなに簡単に倒しちゃって。あのときのユーリさんを見たら、胸がキュンとして……」

「っ!?」

ちゅっ。

バーテンダーのお姉さんが後ろを向いた、隙を突いて。

本当に触れるだけの、軽いキスだ。

「もう、気持ちが抑えられなくなっちゃいました」

顔を真っ赤にして、蕩けたような笑みを浮かべるソニア。

ユーリの心臓は早鐘を打ち、全身が熱くなったような気がする。気がするというか、実際に熱かった。

思わず、腰をもじもじしてしまう。股間の象さんがパオーンし始めたのだ。

というか、これは……

「女神の雫って。男女が、その、そういうコトをする前に飲むんですよ」

カクテルと同じくらい、いや、ずっと甘い時間が始まろうとしていた。

そそくさと席を立ち、バーテンダーのお姉さんに「泊まりでお願いします」と一声。それだけで、「3階の突き当たりです」と言われる。

どうやら酒場は、連れ込み宿を兼ねているようだった。ただし、以前デートで使ったようなヤリ部屋ではなく、洗練されたファッションホテルのような位置づけらしい。

無言のままドアを開け、部屋に入ると、ユーリはもう我慢出来ず、ソニアを思い切り抱き寄せてキスをした。

彼女の方も、ぎゅっとユーリの首に腕を回し、情熱的にキスに応えてくれる。

静かな部屋の入り口で、ちゅ、ちゅ、ちゅっと唇を貪り合う音だけが響いた。

「ソニアさん、俺、もう……」

もはやベッドインあるのみ。そう、視線で物語る勇者である。

だがその口を、白い指がちょこんと止めた。

「だめですっ。今日は、いっぱい動きましたから……その、お風呂、入ってからに……」

「う、うんっ」

「わたしは、後にしますから……先、頂いてきて下さいね」

そう微笑むソニアは、大人の女性の魅力に溢れていて。思わずベッドに押し倒したくなるのを必死に我慢し、ユーリは大人しく風呂に向かった。

「頑張れ、俺。我慢しろよ、俺。ここは離宮じゃないんだぞ、お風呂場に乱入してえっちとか、いけないいんだぞ……！」

ベッドの上。タオルを腰に巻いて腰かけたユーリは、長い待ち時間を、ひたすら自分との戦いに費やしていた。

アスリートも一流の境地に達すると、自分との戦いになるという。腐っても救世の勇者として、ユーリは自らの心に潜む暗黒面と対峙した。ラッキースケベは、意図せず起こるから、ラッキーなのだ。

自分からやったら、ただの覗きである。

離宮だと、女の子の方から風呂場に乱入してくるのが日常になってしまっており、感覚が麻痺していた。

「……お待たせしました、ユーリさん……」

「あ……」

ごくり。

タオルを一枚巻いただけのソニア。

その悩ましいボディラインを目の当たりにし、ユーリの喉がごくりと鳴る。

「わ……ユーリさん、凄い……」

腰に巻いたタオルをもっこり持ち上げ、先走りで染みを作る、元気いっぱいな男の子。

それを凝視して、ソニアもまた、息を呑んだ。

「……ふぅ……それじゃあ、恥ずかしいけど……見て、下さい。わたしの、ぜんぶ」

ふぁさりとタオルが床に落ち、ソニアが生まれたままの姿を見せてくれる。

たっぷり実ったGカップはあるバストに、なだらかな腹部、張り出した安産型のヒップ。そのボディは、男なら誰だって抱きたくなる、肉感たっぷりのS字ラインを描いている。

「そ、ソニアさん……凄い、綺麗で、えろい……」

「もうっ、すぐそんな風に言うんですから……わたし、初めてなんです。だから、その……好きにしていいですけど、優しく、して下さいね？」

抑え付けていた自制心が逆噴射。ユーリはわぁいと飛びついて、憧れの受付嬢をベッドに押し倒した。

「わぁっ……はむ、むちゅっ、んんっ」

ふかふかのおっぱいに飛びついて、両手でむにむに揉みしだく。揉みながら、綺麗なピンク色の乳首をペロペロして、ちゅうちゅうと吸い立てた。

丸くて白くてボリュームいっぱいのバストは、雄大な山脈だ。両手の指をわきわき動かして、その未踏の巨峰を隅々まで踏破せんとする。

「あんっ……もう、赤ちゃんみたいです、ユーリさん」

「だ、だって、ソニアさんのおっぱい、凄いおっきくて、最高だしっ」

「やっぱり、ユーリさんっておっぱいが好きなんですね」

「や……やっぱり？」

ユーリの頬に汗が伝う。ま、まさか。確かに、初見でガン見したおっぱいであるが、それ以降は気を付けていたはずなのに……！

「……言っておきますけど。いっつも、制服の胸元に目が行ってるの、バレバレですからね？」

「おおぅ……ご、ごめんなさい……」

ごめんと言いつつ、乳を揉む手は止まらなかった。一体何に謝っているのか。

子供みたいにおっぱいを欲しがる勇者に、ソニアはクスクス笑っていたが、そのうち、声に艶っぽいものが混じり始める。

「んんっ……ふぅっ、ユーリさん、結構……上手、なんですね……あ、ひゃんっ！」

邪神を倒してからというもの、女性のおっぱいを揉むことにかけては、大いに研鑽を重ねてきた勇者である。半年前まで童貞だったくせに、その経験値は、インフレ気味に高まっていた。

「えへへ。そう言われると、嬉しいなあ……えいえいっ」

「あはっ、うふふっ、そこ、くすぐったい♡」

胸の谷間を舌でなぞったり、わきの辺りから責めてみたりと、変幻自在な指使いに舌使い。

一晩中そうしていてもいいくらいだが、そろそろ次なる冒険に赴くとき。

ユーリは名残惜しげにおっぱいから顔を離し、なだらかな腹部を舌でなぞりつつ、新たな地へ顔を向ける。

昼間、王都を股にかける活躍をしたユーリだが、今夜はソニアの女体を股にかけていた。

未踏峰の柔らか巨峰を隅々まで揉みしだき、腹部の平原に舌の痕を残し、おへそにはキス。

ベッドの上の冒険は、謎と発見でいっぱいだ。ソニアの弱点を暴き出しながら、向かう先は腰の下。

そこに待つのは、前人未踏の処女地。

誰の侵入も許したことのない、女性の神秘が息づく領域だ。勇者は慎重に探検を進めた。

「これが、ソニアさんの女の子……」

「ううっ、恥ずかしいですっ」

お股の付け根。そこは毛が一本も生えていなかった。つるつるの白い肌に、女の子の割れ目が、ぱっくりピンク色の口を開けている。

ユーリは舌にたっぷり唾をまぶすと、レロレロと裂け目を解しにかかった。

「んんーっ！」

にゅるんと入り込んでくる、異性の舌。

未知の感覚に、グラマラスな肢体がビクン！　と跳ねる。

舌を差し入れたユーリの方も、その反応の良さに驚いた。入り込んだ中はもうトロトロに熱くて、舌の上に蜜が滴り落ちてくる。

　とはいえ、初めて入る場所なのだ。油断をしないのが冒険者というもの。

　うねうね蠢く内部に舌をにゅるりと差し込んで、デリケートな部分を刺激してやれば、くぐもった声を上げげて、女体がビクビクと震える。

　ソニアは両手でシーツをきつく掴み、白い背中を弓なりに反り上がらせて、電気のように走る快感に悶えていた。

「ぷはっ……ソニアさん。女神の雫って、効果、凄いよ」

「ふぁあ……そ、それだけじゃないです……ユーリさんが、求めて、くれるから……」

　それは男が言われて、一番嬉しい台詞。ユーリは、それはもうだらしない顔で、にへらと笑ってしまう。

　しかしすぐに顔を引き締めると、とても真剣な顔をして、一言。

「一つに、なろう」

　ごくり。

　じっと熱い視線を向けるユーリを見上げて、素直に頷くソニア。

　何も言わず、ただ、力を抜いて脚を開く。雌が雄を受け入れる、交尾のサイン。

　ユーリも沈黙の中、麗しの受付嬢のカラダにそっと上がって、痛いほど張り詰めた亀頭の尖端をあそこに宛がう。

　くちゅくちゅと、先走りと愛液をかき混ぜて、互いの性器が重なり合う場所を探り当てる。

ぬぷ、と尖端が合う場所を見つけると、その体重をかけて。

はまり込む。ずぶり、ずぶりと肉を埋め込む。

「あ、ふぁっ、入って、入ってきてます、ユーリさんがっ……！」

「ソニアさん、熱くて、気持ちいい……！」

いくら媚薬混じりの酒で蕩けていても、処女の蜜穴。その締め付けはきつく、肉のとじ目は男を知らない。

ユーリはベッドに手をつき、体重をかけて、みちみちと肉杭を突き埋めていく。そうして、途中の引っかかり、ヴァージンの証にまで辿り着いた。

「ふぅ、ふぅっ、そ、ソニアさんっ……！　初めて、貰うよ……！」

「ああーーーっ！」

ぷつり。

処女を散らされ、ソニアは高く、感極まった声を上げた。男の子と女の子が出会って、男と女になる瞬間。

媚薬の効果もあって、痛みは殆ど感じない。だが股から伝う赤い血が、純潔を奪われた証になる。

勢いのままユーリは奥まで腰を進め、とうとう、陰茎を根元まで埋め込んだ。外に出ているのは玉袋だけ、という状態だ。

「おほっ、凄い、腰がとろけそうっ」

「ひゃんっ！　コツコツ、らめぇっ！」

ヴァージンブレイクの直後、いきなりピストンというのは如何なものか。そう思ったユーリは、腰をくねらせ子宮口をノックしてみたのだが、それが効果てきめん。

ソニアはピンク色に染まった息を吐き出して、あんあん甘く喘ぎ始めた。

張り出した腰が妖しくくねり、両脚が男の腰に絡み付いて、繁殖活動を開始してしまう。

「そ、ソニアさんっ、ダメだよ、俺、我慢出来ないっ！」

「やぁ、優しくしてって、言ったのにぃ……♡」

こんなの我慢出来るわけもなく、ユーリはズポズポ、ピストン運動に入った。えらの発達した肉傘が、処女肉をかき分けて、女体を繰り返し貫いては出入りする。

絡み付いてくる肉の襞。たっぷり潤って、複雑にうねる女性の内部。その摩擦運動だけで、気を抜くとイッてしまいそうに気持ちがいいのに。

「そんな、わたし、初めてなのに……セックスが、こんなに、気持ちいいなんてぇ……！」

ギルドの受付嬢。初めて見たときから気になっていた、憧れの美人さんが。

ピンク色の髪をシーツの上に広げて、白い指でシーツを握り、蕩けきった顔で喘いでいる。

雄の肉を打ち込むたびに、あんあん甘く啼いてくれる。

ただでさえ、お風呂の間我慢を重ねたユーリだ。もう耐えられなかった。

「あ、ダメだ、もういく、イクっ！」

「えっ、あ……今日、たぶん大丈夫な日だから……いい、ですっ！」

どくん、どくん、ドクドクッ！

美女の胎内で男性器が跳ね動き、蛇口から外れたホースのように暴れて、尖端から熱い子種を吐き散らす。

熱水のような精液が、噴水もかくやという勢いで噴き上がり、どっとソニアの下腹部に雪崩れ込んだ。

「ふぁっ、びゅくびゅくって、熱いの、出てますっ……これが、ユーリさんの、せーえき……♡」

柔らかな手でユーリの背を撫でながら、うっとりと射精を受け入れるソニア。その瞳はハートマークが浮かびそうなくらい、とろんと蕩けてしまっている。

ユーリは堪らず、その顔にキスの雨を降らせた。

§

「んっ、まだ中に入ってるみたいです……♡」

「え、えへへ……最高だったよ、ソニアさん」

連れ込み宿の部屋は、花をあしらった装飾のある洒落た内装。控えめな明るさの魔石灯が、ムードたっぷりに秘密の空間を照らしている。

憧れの受付嬢の初めてを頂き、そのまま抜かずの二発を決めたユーリは、ベッドの上で甘いインターバルを過ごしていた。

ソニアは豊満なカラダをすり寄せて、胸板に縋り付いている。たわわなおっぱいがむにゅりと潰れて、3回戦へのモチベーションは高まる一方。

「ユーリさんって、一緒にいて、凄く安心するんです」

抱き付いたまま、ぽつりぽつりと語り出すソニア。褒められて鼻の下を伸ばしていたユーリも、その内容に、ちょっと顔を引き締めた。

「わたしの両親は、冒険者をしてました。でもあるとき、依頼を受けて家を出て……帰って、きませんでした」

「……」

「受付をしていて、一番怖いのは、見送った相手が帰ってこないことです。実際、そういう人は、何人もいました。でも、ユーリさん達って、必ず帰ってくるじゃないですか。何があってもカラカラ笑って、どんな依頼もメチャクチャやって解決して。見送る側としては、本当に安心するんですよ？」

「そ、そりゃどうも。まあ、うん、俺達よっぽどの相手じゃなきゃ、どうにかなるしなあ」

邪神を倒した勇者が言うと、説得力が違う。

ソニアは嬉しそうに微笑むと、ユーリにちゅっとキスをした。

「わたし、お付き合いをするなら、絶対帰ってきてくれる人がいいなって、ずっと思ってたんです。やっと見つかりました、そういう人が」

「もちろん、そこんとこは任せてよ！　なにせ俺達、逃げ足も速いんだぜ！」

「……回復も、早いみたいですね？」

「おうふっ……」

天に向かって聳える勇者の武器。その幹に、白魚のような指が絡まって、さすさす愛撫をしてくれる。

ユーリは情けない声を上げながら、されるがままになっていた。

「ギルド長に、あんなことがあったばかりだし、しばらく休むように言われてるんです。お休みの間、何をして過ごしましょうか？」

「そ、ソニアさんっ！」

そりゃまあ、ナニをするしかない。ユーリはソニアに抱き付いて、3回戦をスタートさせた。

「四つん這い……ですか？」

「うん。今度は、後ろから繋がりたいなあ、って……」

「もう、えっちなんですから」

彼女は一度体を許すと、どこまでも受け入れてしまうタイプらしい。ユーリの注文に、顔を赤くしつつも応えてしまう。

ベッドの上で四つん這いになり、ヒップを持ち上げて男を誘うポーズ。

迫力満点の光景に、ユーリの喉がごくりと鳴った。

「すっごい、おっきくて真っ白なお尻だ……」

「ほ、褒めてるんですよね……？」

「もちろんっ」

大ぶりの桃を思わせる、ぷりぷりのお尻。そこに両手を添えて、揉み揉みする。

　絶対立派な赤ちゃんが産めるだろうという、安産型のヒップだった。

オスとしての播種本能を大いに刺激され、ペニスが痛いくらいに膨れ上がる。

大体、お尻はこんなに張り出しているのに、腰はきゅっと括れているとか、どれだけ男を惑わすつもりなのか。

目をギラギラさせて立ち上がり、悩ましい括れに手を添えて、後背位の体位を取る。動物がするような、原始的な交尾の姿勢。

「ソニアさんっ」

「ひゃんっ♡」

ずぶりと一息、気持ちのいい穴の奥まで、男のモノを突き入れた。後ろから繋がると、より深いところまでペニスがねじ込まれる。

　立派なお尻に根元までずっぽりして、量感たっぷりのヒップを腰いっぱいにご堪能。挿入しただけでも、天国にいるみたいに気持ちがいい。

「あんっ、わたしの奥、コツコツって……ダメ、大事なところ、届いちゃうっ」

　後ろから結合して、お尻をフリフリ、悩ましく悶えるソニア。そのいやらしい姿を見て、勇者の劣情はガソリンを注いだように燃え盛った。

初体験から一時間ちょっとしか経っていないのに、すっかりトロトロに開いたおま◯こ。そこにオチ◯ポをグリグリねじ込んで、女の子の一番深いところへご挨拶。鈴口から漏れている先走りをねっとりと擦り付け、念入りにマーキングする。

「ソニアさんのここ、俺が独占しちゃうからねっ」

「んんーっ！」

赤ちゃんを作る場所を刺激され、感極まったようにピンクの髪を振り乱して、淫らに悶える受付嬢。

そこへ勇者が、後ろからケダモノのように襲いかかる。

激しいリズムでパンパンして、いやらしい肉付きをしたワガママボディを思いのままに楽しんだ。

ぷりぷりおま◯こをシコシコ擦り、ダイナミックに揺れるおっぱいを両手で掴んで搾って、白い背中をペロペロ。全身余すところなく味わって、本能直結の激しい営み。

「ふぁっ、やんっ、激しっ、激しすぎますっ！　わたし、わたし、飛んじゃう！　ああ、んはぁっ！」

「最高、最高だよソニアさんっ！　このおっきなお尻、むちむちプリプリで、いつまでもこうしてたいっ」

ベッドを激しくギシギシ軋ませ、我を忘れての激しい往復運動。勇者の種を二度受け入れた膣内では、たっぷり溢れた愛液と精液がぐちゃぐちゃに掻き回されて、溢れ始めている。

ぬちゅぬちゅ、パンパン、露骨で卑猥な結合音が響き渡る、夜のしじま。

激しく息を切らせたユーリは、行為の終着駅、冒険のゴールに差し迫っていた。熱い肉襞に挟まれて、生殖器がビクビク痙攣するように跳ね始める。

「だ、大丈夫な日だから、いいよねっ！　中に、中に出すよっ！」

「ふぁっ、熱いのまた、入ってきますっ……！」

びゅーびゅー勢いよく放出されるザーメン。射精しながらも腰をくねらせ、開いた穴にしっかり蓋をして、念入りに生中出し。

熱に浮かされた二人は、汗みずくになりながら、せっせと交尾に勤しむのだった。

第七章　表に出せない勇者事情

トラブルメーカーズ一行が、王都の闇アトラ・クラを相手取り、大攻勢に出ていた頃。

麾下の騎士を率いたミケル将軍は、とある孤児院を訪れていた。

伝令によれば、勇者様が直々に『守って欲しい』と依頼したという場所である。

出来れば、勇者様の横で戦いに加わりたいところであるが。

それ以上に、あの英雄に『託された』という思いで、胸がいっぱいになる。

目を瞑れば思い浮かぶ、邪神の使徒との壮絶な争い。

そもそも、ミケルは勇者という存在に懐疑的だった。王は何故、自分達軍を信頼して下さらないのか。

一騎当千の猛者である自分に、邪神を討てと命じてくれないのか。

そんな煩悶を抱いていたのだ。

だが、国境沿いで邪神の使徒を目にしたとき。ミケルが感じたのは、静かな諦念だった。

あれは、ダメだ。あれは、人が相手取るモノではない。

脳裏に浮かんだのは、妻と二人の娘の顔。家族を残して死ぬのは無念だが、自分が足止めをしている間に、逃げてくれればいい。

そんな想いを胸に、死を覚悟した部下達と、邪神の使徒に向き合って。

『あれ、あんなとこに邪神の使徒じゃん！　ったく、俺を食べさせてくれる人達にちょっかい出すとか、いい度胸だ！』

空から降ってきた、悪童のように笑う少年。それに続く、巨大な竜と、アンデッドを率いる美女。そして黒いローブに身を包む、威厳に満ちた男。

救世の英雄達が、邪神に挑む姿を、ミケル達は見守るしかなかった。

そして、神話のような戦いを見つめながら、ミケルは思い至ったのだ。自分を、食べさせてくれる人達。突然に召喚され、邪神と戦う羽目になっているのに、何と高潔な人物か。

ちなみに、その後の会話を聞くことがなかったのは、ミケルにとって幸いだったかも知れない。

『いいわよねニートは！　働かずに飯が食えて！』

『余も、黙って座ってれば飯が出てくる仕事がしたいわ！』

『わしだって、食事は自分で見つけてくるがのう……』

『ふんだ、俺だってバイトはしてるんだよ！　ほら、こうして邪神の使徒狩ってるだろ！』

世の中、知らない方がいいこともある。

「え、ええと……騎士様達、うちの孤児院に何か用？」

「おお。うむ、実は、ならず者がこの孤児院を狙っていると聞き及んだのだ。民を守るは騎士の務め、こうして馳せ参じたのだよ」

孤児院の少年に声をかけられ、ミケルは追憶から意識を戻す。

まだ10代前半の少年だ。それでもトラブルメーカーズの先輩にあたる冒険者である。

用件を聞いた少年の反応は、劇的だった。顔に思い切り「心当たりがあります」と書いてある。

「げ。もしかして、エレミアの姉ちゃんが何かやったの？　あ、あのさ、エレミア姉ちゃんも、悪い人じゃないんだよ。確かに、街中でアンデッドを呼ぶのは良くないことだけど、悪気があるわけじゃ……」

「エレミア姉ちゃん？」

アンデッドを呼ぶ、エレミアという名前の女性。

ミケル将軍には、心当たりがある。凄くある。

黒塗りの鎧に身を固めた死者の軍勢を率いて、邪神の使徒を素手で討ち果たした、白銀の女傑。

救世の英雄、不死女王が、そんな名前だったような……

「あれ？　違うの？　じゃあユーリの兄ちゃんが何かやった？　兄ちゃんも、確かに抜けてるとこはあるけどさ、気のいい人なんだよ。その、大目に見てくれると助かるなあ」

ユーリの兄ちゃん。不思議なことに、たまたま、救世の勇者と同じ名前だ。

「んー、アガメムノンさんと、ルキウス兄ちゃんは、そこまで事を荒立てるタイプじゃないけど……二人とも、時々、抜けてるからなあ。ルキウス兄ちゃん、天然で喧嘩売っちゃうんだもん」

偶然の一致とは続くもので、今度は竜王と魔王の名前が続く。これで救世の英雄一行が揃い踏みだ。

なるほど、勇者様が直々に『守って欲しい』と言うだけの場所である。

ミケルは珍しく動揺し、慌てたように誤魔化し始めた。

「いやいや少年、そんな話ではないぞ！　うんうん、このミケル、今名前の上がった方々には、これっぽっちも心当たりがないが！　ないが、関係ないと断言出来る！」

「う、うーん？　ま、まあ、よかったよ。てっきり、皆してお貴族様に喧嘩を売ったとか、その辺でアンデッド出して暴れたとか、そういうトラブル起こしたんだと思って……」

お貴族様はユーリの方だ。というか、位こそ侯爵だが、事実上国王の上に立つ存在だと、国中の貴族の見解が一致している。

なにせ、もし喧嘩を売れば、国内のみならず、諸国と諸神殿から袋だたきにあうこと間違いなし。

今もっともアンタッチャブルな貴族として、衆目の一致するところなのだ。

「うむ、そんなことはこれっぽっちもないぞ、うん！　あるはずがない！　安心するのだ、少年！」

「ち、父上……少し、宜しいですか」

ミケル将軍の娘、クリスが父親を隅っこに引っ張っていく。そして小声で注意を始めた。

「（父上、あれではバレバレですっ！　勇者様は、あくまでお忍びという体なのですから、配慮をして下さい！」

「（う、うむ、済まん。どうも俺は、腹芸が苦手でなぁ。よし、任せよう）」

「（……はぁ……分かりました）」

クリスは、勇者と直接の面識がない。間接的には、父親から手放し大絶賛のベタ褒め話を、嫌と言うほど聞いている。曰く、高潔にして無私。決して手柄を誇ることなく、しかしどんな武人より勇猛な、真の英雄。

妹のイレーネからは、離宮の様子を伝え聞いていた。曰く、優しいけど悪戯っぽくて、ちょっと抜けたところのある、放っておけない男の子。

なんだか大分、印象が違うのだ。

ここでもう少し情報を集めようと、彼女は決めていた。何せ、可愛い妹が侍る男性。悪人、ということはあり得なくとも、人物は見極めたい。

「初めまして、私はクリスという。ただ待つのも退屈だからな、少し、話を聞いてもよいだろうか」

「え？　うん、いいよ、騎士様」

「その、先ほど話に出ていたのは、少年の知り合いか？」

クリスは、自分では『女を捨てた』騎士だと思っている。思っているが、その容姿は、凛々しくも麗しい、目の醒めるような美人。

少年冒険者は顔を赤くして、挙動不審になってしまった。

そして内心、まずったかなあ、と反省する。いきなりユーリ達のことを聞いてくるというのは、やっぱり、アンデッド云々が不味かったか……

「うん、同じギルドの冒険者パーティーだよ。名前は……えぇっと……トラブルメーカーズ、っていうんだけど……」

「……個性的な、名前なのだな……」

クリスは思わず手で顔を覆ってしまった。なるほど、悪戯っぽいというのは本当らしい。

§

トラブルメーカーズ。

救世の英雄一行が名乗るパーティー名に、思わずため息を吐きそうになったクリス。

勤勉実直な女騎士として、遊びのない人生を送ってきた彼女には、名前だけで結構衝撃的だった。

しかし、続く話はもっと酷く。

「トラブルメーカーズの皆は、間違いなく、ギルドで一番話題の冒険者だね。その筋じゃ有名だよ。なんたって……」

何と言っても、救世の英雄だからな。

そう思ったクリスは、しかし、続く言葉にずっこけそうになる。

「なんたって、いっつもギルド長に呼び出されて、説教されてるもん。それで、ケロッとした顔で出てくるから、皆で勇者だって言ってるよ」

当たってる。真相ドストライクに当たってるけど、何か違う……！

有名になるにしても、なり方というものがあるだろう。遂にクリスは天を仰いだ。

「説教……いつも、説教か……」

「一度、ギルドの食堂でバクチやっててさ。受付嬢のおねーちゃんに、それはもう、すっごい怒られてたよ。一時間くらい正座してたかなあ。でも、すぐケロッとした顔で回復するの。オレ、あれは真似出来ないなあ」

「真似しなくてよいと思うぞ、うん」

叫びたい。

何やってんですか勇者様！　と、声を大にして叫びたい。

そんな気持ちを呑み込みつつ、必死に心を落ち着けて、少年の話に耳を傾ける。クリスはもう、とても不味い国家機密を聞いている気分である。

アンデッドを召喚してのドブさらい。地上げ屋に喧嘩を売る四人と死者の軍勢のこと。討伐依頼に行くと、証明部位を取るのを忘れ、ベーコンやソーセージにしてしまうこと。

極めつきが、ヨラム男爵による誘拐事件の話だった。

「あれは有名な話だけどさ。ここだけの話、ユーリ兄ちゃん、ホントに！　ホントにだよ、お貴族様の屋敷で、『この屋敷の主人って、女の子誘拐したりしてません？』って聞いたんだって！」

「……うん、その。何というか、豪快な性格の方なのだな……」

「オレ、とても信じられなくって、本人に聞いたんだよ！　そしたら、ケロッとした顔で『あー、確かにそう聞いたなあ』なんて言うんだもん。四人とも、もう、凄い世間知らずなんだよね。オレ、ちょっと心配だよ」

「私も、少し……いや、かなり、心配になるな……」

勇者様は、どんな武人より勇猛な、真の英雄。

そう父親に聞かされていたクリスだが、ここに来て、危険すぎる真相に近付き始めていた。ひょっとして、勇者様達って、『何も考えてない』だけなのでは……！

「男爵はクロだったから良かったけどさ、お貴族様にそんな言いがかりをつけたら、普通は、お手討ちにあっちゃうよ」

「……お手討ち。お手討ちか……いや、うん。昔はそんな気風もあったかも知れないが、今の国王陛下は民を慈しむお方。貴族とて、無闇に民を虐げることなど、許されはしない。安心してくれ」

「はー、それ聞いて安心したよ……それなら、牢屋で一晩頭を冷やせば済む話かなあ。兄ちゃん達さ、すっとぼけてるし、抜けてるし、考えなしに突っ込むタイプだけど……メチャクチャ強いんだよね。ヨラム男爵の騎士団も、四人でボコボコにしちゃったんだって」

「ソウカ。トテモ強イ人達ダナ」

凄い棒読みで答えるクリス。それはまあ、男爵付きの騎士団くらいじゃ、相手になるまい。

「こほん。少し話を変えてもいいか？　ええと……四人は、この孤児院にも来ることがあるのか？」

「うん。たまに遊びに来てるよ。ルキウス兄ちゃんが、魔王のポーズ講座！　とか言って、変てこなポーズを教えたり、ガキンチョ組と遊んでくれるから、助かってるんだ」

やっと、微笑ましい話になった。

市井に下りて、身分を隠し、孤児院の子供らと親交を育む英雄達。

まるでおとぎ話のようではないか。

この際、魔王のポーズ云々は突っ込むまい。それ多分、本物直伝の講座だけど。

「あと、四人でよくカードゲームしてるんだよ。それがまあ、何て言うか、賑やかで面白いみたいでさ。ガキンチョ組が、みんな混ざろうとするんだよね。で、結構汚い言葉も使うもんだから、そこだけは勘弁して欲しいかなあ」

「そうか。汚い言葉も、使うのか……」

「エレミア姉ちゃんが特に酷くてさ。ユーリ兄ちゃんに向かって、このヤリチ○！　って連呼するんだよね。オレ、ヤリチ○ってなーに？　って聞かれて、ホント困ったよ」

「や、ヤリチ○……？」

クリスは、将軍の娘とはいえ、軍に籍を置く女騎士だ。下世話な話が聞こえてくることだってある。だが、ここまで露骨な言い草は、初めてだった。

完全にフリーズして立ち尽くす女騎士。その様子に、少年が大慌てでフォローに入る。

「ご、ごめん騎士様っ！　俺、悪い言葉を使っちゃったよ！」

「い、いや、少年は悪くない。気にしないでくれ……それは、ええと、エレミアという方が口にされているんだろう？」

「うん。よく言ってる。ユーリ兄ちゃんは、俺はヤリチ〇って名前じゃねーぞ！　ってぼやいてるよ」

思考停止。

それが今のクリスの状態だ。

イレーネの手紙では、その辺りは非常にオブラートに包んで表現されていた。つまり、「愛情を持って女性に接している」とか、「女性とお付き合いをするのが好き」くらいのぼかし具合である。

一方、少年の口から出たのは、エレミア印の豪速球ど直球ストレート。

クリスは深く深く息を吸い込み、何かを決めたように目を細めて、自分にだけ聞こえる声で呟いた。

「この件が片付いたら、一度、会ってみなければな……」

尊敬する父が盲信し、可愛い妹が懐く男、救世の勇者ユーリ。

その真実を、この目で見極めなくては。

クリスはそう、固く決意するのだった。

§

「ぐうう……頭が痛い……飲みすぎたのである……！」

「あれー、私昨日、何したんだっけ……おかしいわね、あのアホがデカい魔法打ったところから、記憶が飛んでるわ……」

「酔い覚ましに、ちょっとそこらの河に潜ってこようかのう……あれ？　そういえば、ユーリの奴は何処へ行ったんじゃ？」

「どうせ、その辺でぶっ倒れてるか、家に帰ったんでしょ……よし、今日は何もしないと決めたわ！　帰って寝る！」

一夜明け、死屍累々のトラブルメーカーズ。ゾンビのように酒場を這い出て、めいめい転移で我が家へ戻る。

アルゴスも、取り敢えず嫌なことは酒で忘れたので、ふらつく足取りでギルドに戻った。

大酒飲み組と違い、素面を保っているのは、リリーとルウィだ。良家の令嬢らしく、節度を持って酒を楽しんだリリーは、ウェイトレスの覚えも良かった。

「さっすが、クライン家のお嬢様！　あのボンクラ共とは違うわねー。ほらお嬢ちゃん、これが正しい見本なのよ！　あのゾンビみたいな連中を反面教師に、正しく育ってね！」

「うう、結局酒が飲めなかったのじゃ……こう、『わし、酔っちゃったみたい……きゃっ』な展開を期待してたのに……」

「それ、絵面が凄く犯罪的だね。さ、ルウィ、ボク達も帰るよ。もしユーリがその辺で倒れてたら、家まで運んであげよう」

「そ、そうじゃな！　あやつが倒れていたら、わしの部屋で手取り足取り、しっぽり介抱を……ああ、そんな、酔いに任せて女子を抱くなど、いけないのじゃよ……！」

ピンク色の妄想を広げるルウィを引っ張って、リリーもまた家路につく。

そして、口の中でこっそりと呟いた。

「(ふふ、あの二人ったら、途中で抜け出していたね……全く、愛しい人も、隅に置けないんだから)」

その顔はまるで、面白い悪戯を思いついた子供のよう。

足取りも軽く、二人は朝焼けの街を歩いていった。

さて、王都の闇を打ち払った、救世の勇者はというと。

「えへへ、なんかこういうの、凄くいいなあ」

「……ユーリさんって、本当、普通の男の子みたいですよね」

ソニアと同じベッドで、大変爽やかに朝を迎え、モーニング珈琲などを楽しんでいた。ベッドの上、裸にシーツを巻いただけの美人と隣り合っての、甘い時間。

その顔は大変だらしなく緩んでいる。昨日、大魔法で巨人を消滅させた人物には、まるで見えない。

「普通の男の子っていうか、まあ、半年前まで学生だったしなー。それも非リアの、ヤラハタ学生……うわ、俺、人生逆転してるのかも……！」

「え、ええと……嬉しそうですね？」

「嬉しいよ！　ソニアさんとこんな関係になれたし！」

「も、もう、すぐそんなことを言うんですから……お姉さんをからかっちゃ、ダメですよ？」

「からかってないってば」

「あ……んっ」

本気であることを証明しようと、抱き寄せてのキス。普通はそこで格好良く離れるものだが、何せユーリなので、そのままディープなのに移ってしまう。

ソニアの柔らかな肢体を抱きしめての、濃厚なキス。シーツの下、弾力のある温かな巨乳に手を伸ばし、おっぱいを揉み揉みしてからの、ベッドイン……

「もうっ、ダメですよ？　そろそろ、出ないといけないんですから」

「あっ、もうそんな時間か……そ、その、延長とかは……」

「お店に迷惑です。そ、それに、私はこれからお休みですから……その、私のお家とか、ユーリさんのお家で、落ち着いて……ね？」

頬を赤らめて、恥ずかしげに囁くソニア。その様子に、お預けを食らったユーリも元気を取り戻した。

「よし、そうと決まったら、身支度しよっか！　まだ騒ぎも収まってないし、しばらくはウチに来てよ！」

「うふふ、分かりました。いいですよ」

こうして、ダダ甘カップルのノリでお宅訪問を決めたソニアだが。

一時間もしないうちに、大きく後悔することになる。

「……これ、ユーリさんのお家ですか？」

「うん、王様がくれたんだよね。いやー、ちょっと大きすぎるかも」

転移で飛んだのは、離宮入り口前の庭園。煌びやかな装飾の施された、壮大な離宮を目の前に、ソニアはとうとう現実に帰ってきた。

（ほ、本当に、救世の勇者様だったんだ……！）

という、忘れがちな現実に。

「ゆ、ユーリさん？　私、やっぱりちょっと、場違いなんじゃないかと思うんですけど……」

「え？　あはは、それ言ったら俺が一番場違いだよ。半分ニートみたいなもんだし」

そして意気揚々、ソニアの手を引いて歩き出すと、入り口の前に見知った顔が待っている。

黒のローブに身を包んだ、星詠みの乙女メイア。そして、優雅な青のドレスを纏う、王国の姫君、ルナリア王女である。

「お帰り、ユーリ。ようこそ、ソニア。やっぱり、運命、連なった。これから、よろしく」

「め、メイアさんも、こちらにいらっしゃったんですか……え、ええと、そちらのお方は……？」

「ふふ、初めまして。ソニアさんって仰るのね？　わたしはルナリア。一応、この国の王女をしているわ」

「お、王女、様……？」

突然現れた国のトップに、ソニアはフリーズした。冒険者ギルドの受付嬢。普段相手にするのは、荒くれ者ばかり。

今まで応対した中で、一番身分の高い相手は、リリーの父親である。それでも、ギルド長ともども大いに緊張したのだ。

それがいきなりお姫様。

キャパオーバーになるのも、致し方ない。

「ぷしゅぅ……」

「あ、ソニア!?　大丈夫っ？　や、やっぱり、無茶しすぎたかな……？」

成熟した大人の女性とはいえ、初めてだったのだ。夜遅くまでギシギシアンアン、大いに励んだ勇者は、見当外れな反省をしていた。

そして、彼もまた、現実というものに気付く。

これはひょっとして、世に言う『朝帰り』という奴なのでは、と。

それも正々堂々、女連れでのご帰還である。

今更事態に気付いたユーリは、汗をだらだら流しつつ、改めて二人に向き合った。怒っている様子はない。メイアは微かに笑みを見せているし、ルナリアもニコニコ笑っている。しかし二人とも、感情が読めない。

「……はい、正座します……」

ユーリはサクッと謝罪体勢に入った。不味いと思ったらまず正座。勇者の悪い癖である。

突然の（しかしよくある）奇行に、メイアもルナリアも戸惑っていたところ、後ろから助け船がやって来た。ただしこちらは、少しばかりお怒り気味に。

「もう、坊やったら、すぐそうやって謝ろうとするんだから。ほら、立って立って。ちゃんとお付き合いをしてるなら、私は何も言わないわよ」

「れ、レザさんっ！」

「そ・れ・よ・り。昨日はとっても、大活躍だったんですってね？」

「れ、レザさん……そのですね、ええと、そこには海より深い事情がありまして……」

「きっと、その娘が襲われたから、プッツンしちゃったんでしょう？　坊やのいいところだけど、もうちょっと、周りに一声あってもいいと思うの。私だって、心配したのよ？」

そう言われると、返す言葉もない勇者である。

ユーリはちゃんと反省した。

次からは、朝帰りの前にちゃんと連絡を入れよう、と。

§

人間は順応する生き物である。

冒険者ギルドの受付嬢として勤めてきたソニアは、それをよく知っている。例えば、とある冒険者。おどおどと気弱で、見るからに向いてなさそうな新人だったが、1年もすれば不貞不貞しいDランクになっていた。

逆に、荒くれ者だった冒険者が引退し、愛想のいい武器屋の親父になったりもする。人間、意外と新しい環境に適応出来るものなのだ。

それをよーく思い出して、改めて見る、現在の状況。

王女様を前にフリーズし、豪奢なベッドに寝かしつけられ、目を覚ました夕暮れ時。

ベッドサイドには、当然のように座っている、王女ルナリア。

「あら、もう大丈夫かしら？　そんなに緊張しなくてもいいのに。ね、レザさん」

「……そんなこと言われても困ると思うわよ、王女様」

クスクスと楽しそうに笑う王女殿下と、その腹心だろうか、艶やかな美女に迎えられ。

ソニアは気を強く持とうと必死だった。

そして、やっぱりベッドサイドにいた勇者を見つけ、じろっと視線を向ける。

「ユーリさん……？　何か言うこと、ありますよね……？」

「えっ。き、昨日はその、調子に乗りすぎましたゴメンなさい！」

「そ、それはいいんですっ！　そ、その、とっても素敵でしたし……じゃなくって！　な、ななっ、何で王女様がこちらにいらっしゃるんですかっ！」

え、とポカンとした顔をするユーリ。

不思議そうに首を傾げると、何事もなかったように紅茶を口にするルナリア。

レザだけは、気持ちがよく分かるので、顔を手で覆っていた。

「……説明するのも大変だけれど。坊やだから、かしら……はあ。王女殿下と坊やは、国王陛下の公認でね……」

「ふふっ。一緒に子作りをする、深い仲なの♡」

澄ました顔で大暴投を放ち、ウインクをしてお茶目に笑う王女様。

やんごとなき姫君のとんでもない発言に、ソニアはひっくり返りそうになる。

ゾンビのように起き上がると、跳ねるようにユーリに掴みかかった。肩をガッシリ掴み、ガタガタ揺らしながら、涙目で叫ぶ。

「何やっちゃってるんですかー！　あ、あああ、相手は王女様なんですよー！」

「たっ、タンマタンマ！　ルナリア、その、誤解を招くような……招くような……招いて、ないですね……ごめんなさいっ！」

「危ない日でも、いっぱい愛してくれるものね。大丈夫、わたしとユーリ様なら、きっと可愛い子供が産まれるわ♪」

割とチェックメイト気味なユーリは、明後日の方向を見るのが精一杯である。大変に不味い事実を知ってしまった、と頭を抱えるソニアの肩へ、レザが優しく手を置いた。

「はぁ……まあ、気を取り直しましょう。初めまして、ソニアさん。私はレザよ」

「れ、レザ様、というのですね。ええと……」

「気持ちはよく分かるけれど、私のことは呼び捨てで大丈夫よ。だって、私、平民ですもの」

「え」

ソニアは目の前の色っぽい美人を凝視した。ごく自然に王女様と話しているから、それはもう、侯爵令嬢とか、凄い身分なのだと思い込んでいたのだが。

「最初に言っておくけれど。この間まで娼婦をしていたの。冒険者ギルドの奥にある、花街の女よ。ひょっとしたら、会ったことがあるかも知れないわね」

「ほ、本当ですか……？」

清濁併せ呑む冒険者ギルドの出身だ。そうした仕事につく女性を卑下することはしない。むしろ、同じ平民だ！　と親近感を覚える。

そこに王女様が、止めの爆弾を落とした。

「本当ね。付け加えるなら、今は侯爵付き相談役をお願いしているの」

「こ、侯爵付きの相談役ですか……凄い出世をされたんですね！　ええと、どこの侯爵様の相談役を……？」

「そこの侯爵様よ」

悪戯に成功した顔で、クスクス楽しそうに笑いながら、『侯爵様』を指差すルナリア。

その先にいる人物を見て、ソニアは諦念半分、驚愕半分。

「ユーリさん。後でキチンと説明、お願いしますね？」

「は、はいっ！」

後にレザは語る。それはそれは深い感情の篭もる、地を這うような声だった、と。


遅い昼食を取り、離宮の廊下を歩く。煌びやかで豪奢な空間は、ソニアにとってそれこそ『異世界』だ。ロマンス小説で登場する、王子様の登場する王宮のよう。

実際、そんなに間違ってないところが恐ろしい。王子様はいないが王女様はいるし。

更に、次から次へと「それっぽい」人物がやって来るのだ。

「あら、勇者様！　王都の不埒者を成敗されたとお聞きしましたわ、流石ですの！　ええと、そちらの方は……ひょっとして、ならず者に狙われたというご友人かしら？」

「え、えっと、はい、そうです。私、ソニアと言います」

燃えるような赤のドレスを着た、ゴージャスなご令嬢。もう見るからに貴族だろ！　と叫びたくなる高貴な美少女を前に、ソニアはテンパった。

そんな彼女に、令嬢は堂々たる態度で手を差し出す。

「わたくしは、ドミニナ公爵家の娘、ヴェラ・ドミニナ。よろしくお願いしますわね、ソニアさん。きっとわたくし達、長いお付き合いになりますわ。困ったことがあれば、いつでも相談して下さいませ」

「ひゃ、ひゃいっ、お願いしますっ！」

そんな感じで人間の出来た公爵令嬢と遭遇したり。

「こんにちは、勇者様。昨日は王都の平和のため、尽力されたとお聞きました。ミュトラス女神様も、きっとお喜びだと思います」

「あ、ベアトリス。サンキュー！　俺、ちょっと張り切っちゃったよ！」

「でも、朝帰りは感心しませんよ。めっ！　ですっ！」

「は、はいっ……」

「……と、言いたいところですが。ふふ。そちらのお方のためなら、仕方ありませんね。ミュトラス女神様のご加護がありますよう、微力ながら祈らせて頂きます」

白いローブに身を包んだ、見るからに高位の聖職者に出会ったり。

(後で神殿の聖女様と聞いて、本日何度目かの悲鳴を上げた)

とんでもない世界に来てしまったぞ、と思えば。

「あー、勇者さまだっ！　にひひっ、悪者退治お疲れ様っ♡　ご褒美のキスをどうぞ、えいっ♪」

「おほっ……こ、こほん。ありがと、ジュリエット」

「どういたしましてっ。それで、えっと、こちらの綺麗なヒトは……」

「そ、ソニアといいます」

「ソニアさんだねっ、アタシはジュリエットっていうの。よろしくねっ！」

何をするにもリアクションの大きな、元気印のジュリエット。その改造メイド服は、凄いピンク色であり。飛んだり跳ねたりするたびに、短すぎるスカートがピラピラめくれて、ふとももがチラチラする。

王女に公爵令嬢、果ては聖女様までいる離宮なのに、なんという風紀のゆるさ。

ソニアはカルチャーショックに戦いた。

「あ、そうだ。ジュリエットに相談なんだけどさ、ソニアさんが泊まれるような空き部屋って、あるかな？」

「んー、空き部屋？　それはもちろん、いっぱいあるけど……うーん……」

じーっとソニアを見つめるジュリエット。その目は、恋人繋ぎをした二人の目を凝視する。

そうして、うんうん考え込んだフリをすると、悪巧みいっぱいの顔で、冗談っぽく宣言した。

「全部お掃除中で、これから数日使えませんっ！　ってことにするから、お二人は勇者さまのお部屋で、ごゆっくりどうぞ♪」

「え、ええーっ!?」

「それじゃーね、勇者さまっ♡　いっぱい楽しんでっ！」

あーいいことした、という顔で去っていくジュリエット。

取り残された二人は、どちらからともなく見つめ合い、顔を真っ赤にした。

「と、取り敢えず、俺の部屋、行こっか……」

「は、はい……」

初めて異性と同じ部屋に入るような、甘酸っぱい雰囲気を放つ二人。カルチャーショック続きで忘れていたが、心も体も許した異性の家なのだ。

ソニアは心臓をドキドキさせながら、ユーリの自室に足を踏み入れた。

§

ユーリの自室は、絢爛豪華な離宮の中では、随分落ち着いた方である。

シックに纏められた部屋は、「豪華すぎると落ち着かない」とのたまう勇者に合わせ、「貴族として不自然でない程度に」抑えられている。具体的には、高級ホテルの上品なスイートルームくらいに。

つまり離宮の中にいるからシックに見えるだけで、ソニアの目には、とてもゴージャスな部屋に見えた。

だいいち、部屋にはキングサイズのどでかいベッドが鎮座しているのだ。それも天蓋にヴェール付き。一般人の感性で見ると、それはまあ、典型的なお貴族様のお部屋である。

「それで。侯爵って、どういうことですか？」

「え？　あー、うーん、あれはなあ……」

異性の部屋に入った気恥ずかしさを、誤魔化す意味もあるのだろう。しかしユーリにとっては、この上なく鋭い質問。

まさか、「ニート爵」という羞恥プレイを回避するため、テキトーに貰った爵位ですとは言えない……！

言えないので、そこだけぼかして、後は本当のことを言った。救世の勇者、嘘が吐けない男。

「王様に、キツくなくて、楽な仕事ありません？　って聞いたら、侯爵がいいよって言われたんだよね」

「……やだ、その話、凄く本当っぽい……！」

あまりにもあんまりな理由に、頭を抱えるソニア。この勇者、絶対そのまんまのことを王様に言ったに違いない。困り果てた王様の顔が目に浮かぶようだ。

しかし。

ソニアはじーっと、勇者の顔を眺めてみた。

隣り合ってベッドに腰かけた状態で。肩を掴み、顔を近付け、そのどこか気の抜けたような顔を、まじまじと見つめる。

「……うーん。やっぱり、全然そういう風に見えませんね、ユーリさんって。なんだか安心しました」

いきなり、侯爵だの何だの聞かされて、この初めての思い人が、別世界の住人のように思えてしまったのだ。

けれども、こうして見つめ合えば、本当に普通の青年なのである。

「ソニアさん……俺、もう……」

「え？　ちょっと、ユーリさん？　きゃっ！」

普通に元気な青年なので、美人の綺麗な顔がどアップになり、甘い香りに包まれれば、それはベッドインしてしまう。

ゆるいワンピース姿の彼女を急に押し倒せば、勢いで肩紐が外れて、ぷるんとしたおっぱいがポロリと零れた。

ソニアが慌てて、手ブラで乳房を隠そうとする。

「あうっ、やっぱり、昨日の今日じゃ嫌、かな……？」

「もう。このおっぱい、散々まさぐったじゃないですか。私、まだ感触が残ってるくらいなんですよ？」

「ご、ごめんなさいっ、調子に乗りました……！」

「でも」

焦る勇者を前に、柔らかく微笑むソニア。やっぱり普通の男の子だなあ、と安心して、つい身も心も許してしまうのだ。

「でも、嫌じゃありません。いいですよ、好きにして。代わりに……私が、ユーリさんの手を、忘れられなくなるくらい、愛して下さいね」

「わーい！　俺、頑張るよ！」

「ひゃんっ♪　もう、本当にエッチなんですね……んっ」

仕方ないなあ、と笑って、手ブラを外すソニア。たっぷり大きく実った乳房に、勇者が勢いよくむしゃぶりつく。

手のひらにはとても収まらない美巨乳を、掴んで、揉んで、搾り取る。

まるで母乳が出たときの、予行演習でもしているよう。

ただし、ユーリの口は赤ん坊とはほど遠いいやらしさで、乳首をコロコロ舌で転がし、性感帯を探るように吸い立てる。

「んっ、はぁ……♡　もう、いやらしい赤ちゃんですね」

「えへへ、ソニアさんのおっぱい、凄い柔らかいや……ホント、俺にはもったいないくらいだよ！」

それを言ったら、侯爵の寵愛だって、もったいない。

しかしユーリには、それを感じさせるようなところが、まるでなかった。

胸をたっぷり愛撫しながら、いちいち「ここ、気持ちいい？」とか聞いてくるし、乱暴に揉んでいるようで、相手の反応もしっかり見ている。

そんなユーリを見ていたら、ソニアも、何かしてあげたくなってしまった。

「ユーリさん、次、私がしてもいいですか……？」

「え？」

「ベッドに、腰かけて下さい」

言われるがまま、ベッドサイドに腰かけるユーリ。

ワンピースの肩紐を外し、上半身を裸にしたソニアが、その足下に跪く。

「ユーリさんの大事なところ、いっぱい、気持ち良くしてあげます」

「え、わわっ、うそっ！」

綺麗な指がズボンを引き下ろしにかかり、バキバキに硬勃起した逸物をぽろんと外に出した。

凶暴に膨らんだ亀頭へ、整った顔を近付けて。可憐な唇で、ちゅっと捧げるようなキスをする。

「うはっ」

「同僚から聞いたんです。男の人は、こうされると喜ぶよ、って……」

尖端に浮き上がった先走りを舐め取って、そのまま舌が裏筋を舐めていく。

ゾクゾクするような快感を後に残して、つつ、と陰茎をなぞって、辿り着くのは玉袋。

「ここに、赤ちゃんの素が詰まってるんですよね……ふふっ、何だか可愛いっ♪」

「あ、おほっ、そこ、凄いっ！」

ちゃぷちゃぷ、ぺろぺろ、玉をしゃぶられ舐められて、ユーリは情けなく腰を浮かせた。

しかしソニアの猛攻はとどまるところを知らない。続けて、両手でたぷんとおっぱいを持ち上げると、何と竿を乳房で挟んでしまったではないか。

冒険者ギルドで、初めて出会ったときから気になっていたおっぱい。

まさか、その乳房でパイズリをしてもらえる日が来るなんて。勇者は感無量であった。

「わっ、ピクピクって跳ねてますっ！　こういうの、好きなんですか？」

「好き好き、もう大好きっ！」

「もうっ、そんなだらしない顔して……正直すぎるのも、考え物です」

困った弟を見るような顔で微笑み、左右からバストを押さえて、乳圧を強めるソニア。ずりずり、むにむにとペニスをコスられて、ユーリはなされるがままだった。

腰をガクガク震わせて、スベスベのお肌に陰茎を擦り付け、何擦りしただろう。

「あっ、やばっ」

「きゃっ！」

気持ち良さが暴発して、どぴゅどぴゅっとザーメンが噴き上がる。熱い飛沫が飛び散って、ピンク色の髪を、受付嬢の美しい顔を汚していく。

どく、どくっとペニスが脈打つたび、噴出するドロドロの精液が、白く丸い乳房に降りかかった。

「これが、男の人の、お種なんですね」

予告なしにザーメンをぶっかけられて、熱っぽく囁く。ソニアもすっかり、離宮の空気に当てられてしまっていた。

「あん、ああんっ！　ユーリさん、これ、凄いですっ！　私の頭、チカチカして……」

天蓋付きのベッドの上。グラマラスな裸体を惜しげもなくさらけ出し、男の腰に跨がって、上下に跳ねる受付嬢。

大ぶりなヒップが、重たげに持ち上げられては、パンパンぶつかって肉を打つ。

「ソニアさんも、最高に綺麗だよっ……！　うわ、持っていかれそう！」

激しい上下運動により、ユーリの分身とソニアの女の子の部分とが、ぬちゅぬちゅと擦れていやらしい音を立てる。

長くて反り返ったペニスが、ソニアの敏感な部分をうまい具合に刺激して、艶やかな唇から湿った喘ぎが漏れる。

「はぁっ……」

ピンクの髪を振り乱し、背を反らせて、うっとりと目を閉じる。おま◯こは熱く潤っていた。愛液が蜜のように滴って、性器同士の擦り合いをより滑らかに、より激しいものにする。二人の交尾セックスも、クライマックスに近付いていた。

「ほら、もっと一つになりましょう、ユーリさんっ……！」

「くうっ、ソニアさんの中、うねってる……俺、もう……！」

ソニアはユーリと両手を繋ぎ、一緒になってその瞬間を迎えた。熱い白濁液が元気よく噴出し、赤ちゃんを作る部屋に、ドクドクと流れ込んでいく。

「はぁ、はぁっ……ふふっ、もう細かいこと、どうでもよくなっちゃいました……大好きですよ、ユーリさん」

「えへへ、俺も」

夜もすっかり更けている。二人のセックスは、巣ごもりと表現するに相応しい熱中具合で、文字通り時間を忘れていたのだ。

一度火が点いたら止まらずに、お互いを貪るような熱烈交尾を、無限ループみたいに繰り返す。

実のところ、体を持て余し気味だったソニアである。性の味を知って、夢中になった相手が、底なしの精力を誇る勇者なのだ。ある意味、相性抜群だった。

そんなところにやって来たのは、二人をよく知る闖入者。

「う、うわ、二人とも凄いね……どうもボクは、間の悪いところに来ちゃったかな？」

「え？　きゃっ、り、リリーさんっ!?　どうしてそこにっ！」

「おいおい、覗き見は止めろよなー」

窓の向こう。壁にぶら下がり、逆さになって二人を見ているのは、ヴァンパイア・ロードのリリーだった。金の月光と同じ色をした髪が、夜の闇に揺れている。

よいしょ、と窓を開けて入ってくるリリー。

実は、定期的にユーリの血を吸うため、離宮顔パスになっているのだ。当然、ユーリの素性も全部知っているのだが、それで何が変わるという話でもなかった。ある意味、一番の大物である。

「はは、そんな姿も美しいよ、綺麗な人。それに、おめでとうを言おうじゃないか、愛しい人。二人の恋路に、幸あらんことを！」

「……いや、それ言いに来たんなら、もうちょいタイミング選んでくんない？　こう、あるじゃん。空気読むとか、場面を選ぶとかさ」

「ふっ。そうしたら、ボクの計画が崩れてしまうじゃないか……そう、ここでユーリの血を吸って、なし崩しに三人で楽しむという計画がね！」

びしっ！

指を突き付け、舞台役者のような大袈裟な仕草で断言するリリー。

その現実離れした美貌も相まって、どんな女性も落ちる凜々しさである。

しかし台詞が酷すぎた。

「な、なに言ってるんですか、リリーさんっ！　だいたい、リリーさんは、ユーリさんの悪影響を受けすぎですっ！」

「え、それ、俺が悪いの!?」

「そういえば、以前、本で読んだことがあるね。恋人達は、互いに似てくるものだと。素敵だと思わないかい、ユーリ？」

「ユーリさんが二人に増えるなんて、大問題ですっ！」

先ほどまでの、ロマンティックな夜は何処へやら。きゃあきゃあと姦しく騒ぎ出す三人だった。

なお、翌朝、珍しくグロッキー気味のユーリと、ベッドに寝込むソニアを残し。

やたらお肌をツヤツヤさせたリリーは、颯爽と離宮を後に……しようとして、レザとベアトリスに捕まった。

二人の説教は、懇々と2時間は続き。

リリーはヴァンパイアになって初めて、体力の限界を感じたという。

《了》

あとがき

初めましての方も、最近ご挨拶した方も、本作を手に取って頂き大変ありがとうございます。えろ小説を書いております、けてるです。

ありがたいことに、本作「はにとらっ！」は2巻を迎えることが出来ました！

2巻は内容盛りだくさん、新キャラも増量でお送りしております。

不治の病の女の子を助けたり、冒険者のお約束・護衛依頼をしてみたり、王都の暗部と対決したりする第2巻。

そんな大忙しの話の合間に、ユーリは助けた女の子にどんどん手を出していきます。

うーん、ヤリチ○卿の二つ名に恥じない活躍ですね……（遠い目
さて、今巻では、WEB版でも人気のある大魔法使いのルウィと、厨二病ヴァンパイアのリリーが初登場しています！　イラストを担当頂いている氷室しゅんすけ先生に、イメージピッタリのデザインをして頂きました！

作者の思い入れの深いキャラで、遂にイラストが付き、感無量です。

それに絡んで、ちょっとしたこぼれ話を。

リリーのウォーハンマーは、WEB版ではしれっと登場しています。色んな武器を壊しまくったリリーが、消去法で選んだ形ですね。

しかし今回、デザインを起こして頂くにあたり、氷室先生から「日傘を魔法で変化させる」

というアイディアを頂きました。

これはすごく厨二病だし面白そう！　ということで、それに合わせた形で新規エピソードを追加したり、内容をいじったりしています。

おかげで、リリーの厨二病力がＷＥＢ版よりアップしました。ありがとうございます、氷室先生……！

同じく、星詠みのメイアと女騎士のクリスも、今回新規にデザイン頂きました！

受付嬢のソニアとメイドのジュリエットは、小説版では初めてイラストが付きました。どちらの挿絵も大変えちち……！

えちちと言えば、表紙です。レザとベアトリスの、むちむち組が表紙を飾っております。

うーん、これはビッグな組み合わせですね（ニッコリ
また、コミックヴァンプでは引き続き、宮社惣恭先生によるコミカライズ版を連載中です！

こちらも1巻分の佳境に差し掛かっていますので、是非原作と合わせてお楽しみ下さい！

1巻に続きまして、イラストを担当頂きました氷室しゅんすけ先生、コミカライズをご担当頂いております宮社惣恭先生には、この場を借りて深く感謝申し上げます。

担当編集様には、2巻の発刊においても大変お世話になりました！

そして読者の皆様におかれましては、いつも応援ありがとうございます！　本作で楽しい時間を過ごして頂ければ幸いです。

けてる

唯一無二の最強テイマー
〜国の全てのギルドで門前払いされたから、他国に行ってスローライフします〜
原作：赤金武蔵　漫画：田村紘一
キャラクター原案：LLLthika
異世界還りのおっさんは終末世界で無双する
原作：羽々音色　漫画：ダンタガワ
ジャガイモ農家の村娘、剣神と謳われるまで。
原作：有郷　葉　漫画：たちまよしかづ
キャラクター原案：黒兎ゆう